QUELQUES SAISONS D'AVANCE

DU MÊME AUTEUR

Les 101 Mots de la mode à l'usage de tous, éditions Archi-books, 2012

NELLY RODI
en collaboration avec David Alliot

QUELQUES SAISONS
D'AVANCE

BOUQUINS

mémoires

© Illustrations et Photographies : tous droits réservés.

© Bouquins éditions, 2023
92, avenue de France 75013 Paris
ISBN : 978-2-38292-458-7
Dépôt légal : septembre 2023

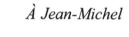

À Jean-Michel

Il faudrait essayer d'être heureux,
ne serait-ce que pour donner l'exemple.
Jacques Prévert

L'amour n'est pas un lien, c'est une révélation.
Boris Cyrulnik

Tout a commencé pour moi en 1963, l'année de mes vingt ans. Après l'obtention de mon baccalauréat, j'ai eu l'envie de poursuivre des études de droit pour devenir avocate et faire un métier d'éloquence. La parole a toujours été importante pour moi car elle aide l'être humain et défend des causes... Malheureusement, mes parents ne pouvaient pas assurer financièrement de longues études et je m'inscrivis finalement dans un BTS de commerce. Avant de soutenir mon mémoire et d'obtenir mon diplôme, il me fallait faire un stage de fin d'études dans l'une des entreprises proposées par mon professeur et qui couvraient de nombreux domaines : la banque, l'industrie, le commerce... En toute franchise, je n'étais pas encore fixée sur le secteur dans lequel je souhaitais travailler. Après quelques hésitations, je choisis d'intégrer le « bureau de style et d'achats » de Prisunic (l'ancêtre de Monoprix), *sis* rue de Provence, dans le IXᵉ arrondissement de Paris, sous les combles, au dernier étage du siège social de l'entreprise.

Ce sera la révélation.

Sans m'en douter le moins du monde, je venais de rejoindre la plus extraordinaire, la plus avant-gardiste des entreprises de l'époque. La maîtresse des lieux était Denise Fayolle, la « directrice du style », une boule d'énergie qui donnait le *tempo* à une équipe de créatifs. Son *credo* était très simple : « Le beau au prix du laid. » Au quotidien, c'était un tourbillon de robes aux couleurs vives, de tables aux formes originales, de matières nouvelles, un design d'avant-garde, mais fonctionnel. Tous les articles devaient être accessibles au plus grand nombre, car l'autre formule que Denise Fayolle répétait à l'envi était de faire du « beau pour tous ».

Rien n'échappait à sa furie créatrice : vêtements, fauteuils, draps de lit, tables, vaisselle. Denise Fayolle faisait travailler une nouvelle génération de designers comme Andrée Putman, Emmanuelle Khanh, Terence Conran, Popy Moreni, ainsi que le photographe Peter Knapp qui sublimait leur travail. Ces productions ne passaient pas inaperçues, c'est le moins que l'on puisse dire ! Il ne s'agissait pas là d'un concept vide de sens, au contraire, la démarche de Denise Fayolle était très concrète. En introduisant des couleurs vives dans le quotidien des Français, elle voulait que la société progresse, qu'elle soit plus gaie. Le résultat était une débauche d'orange, de jaune, de vert, de bleu ou de violet, sans oublier les formes originales de son mobilier. Toute une époque. Grâce à elle, les consommateurs pouvaient se meubler *design* à moindre prix.

Dans la France des années 1960, où l'on se transmettait le vaisselier Louis XIII de génération en génération, ce souffle de modernité était complètement inédit.

Denise Fayolle était un phénomène en soi. Cette petite femme avait un goût très sûr, et vingt ans d'avance sur tout le monde. Au quotidien, elle se battait contre les commerciaux de Prisunic pour imposer ses choix. En permanence, elle bousculait la routine des fournisseurs et des industriels pour obtenir ce qu'elle souhaitait. Les vêtements qu'elle concevait étaient également d'avant-garde. Dans les années 1960, les robes raccourcissaient et la mode entamait sa marche vers la modernité. À mon modeste niveau, je découvrais un monde insoupçonnable d'innovations dans cette ruche bourdonnante de créativité.

*

Je revois encore Denise Fayolle entrer dans mon bureau avec ses échantillons de couleurs amassés dans des bocaux et une paire de charentaises écossaises : « Nelly, essaie de créer des coloriages gais. Il n'y a pas de raison pour que l'on ne mette pas de la couleur sur les pantoufles de nos grands-pères. » Ma première expérience dans la mode. Denise Fayolle m'a ensuite confié une autre tâche : le relookage des « betteravières » ! Tout le monde a oublié cette grosse culotte fendue destinée aux femmes qui ramassaient les betteraves dans les champs. Ce sous-vêtement, qui n'existait qu'en blanc, permettait aux ouvrières de travailler et de satisfaire leurs besoins naturels en même temps. J'ai donc été chargée de mettre un peu de couleur, de joie et de fantaisie dans cette austère culotte. C'était ça, l'« esprit Prisunic » : transformer un objet du quotidien, triste et commun au possible, en un objet moderne et gai ; allier l'esthétique à l'utilité. Et pas question de faire n'importe quoi ! Il fallait toujours avoir en tête le destinataire final, le consommateur. L'approche de Denise Fayolle était révolutionnaire pour l'époque, elle partait du client et élaborait une stratégie « marketing » (on ne disait pas encore ce mot) à partir de son public cible.

Sous son impulsion, je prends conscience que je peux juxtaposer des couleurs, les croiser, comprendre les incidences de ces croisements, réaliser des collages en s'inspirant de tableaux, de photographies..., pour restituer avec de petits échantillons les ambiances et les couleurs désirées. Mes premiers *moodboards*[1]. Pour parvenir à son objectif, Denise Fayolle conseillait déjà les tisseurs, les confectionneurs, les fabricants de meubles et d'objets. Grâce à sa forte personnalité,

---

1. Littéralement « tableau d'humeur » : tableaux composés à partir d'images, de photographies, de dessins, mais aussi d'échantillons de tissus ou de coloris. Véritables outils de travail à disposition d'un créateur et de ses équipes, ils servent à donner l'ambiance et le point de départ d'une collection. Ce kaléidoscope d'images va leur permettre de visualiser la direction vers laquelle ils s'acheminent, de stimuler leur inspiration, de laisser vagabonder leur imagination, mais sans dévier de la thématique choisie. Le *moodboard* peut réunir des iconographies très différentes, voire contraires, mais qui, finalement, trouvent leur unité et se synthétisent grâce au génie créatif du styliste.

elle savait se rendre persuasive… Et ça fonctionnait !
Dans les rayonnages, à Paris comme dans les villes
de province, ses produits se vendaient en masse. La
modernité qu'elle impulsait entrait en force dans les
foyers français, au point que certaines de ses créations
sont devenues iconiques et que l'on évoque un « style
Prisunic » qui, aujourd'hui encore, force le respect[1].

Ces trois mois de stage chez Prisunic ont été pour
moi une formidable découverte, une ouverture d'esprit
inouïe. Avec des bouts de tissus colorés, du bon sens
et un peu de créativité, on peut changer la vie des
gens. J'avais trouvé ma voie, celui de la création et
des « bureaux de style ». C'est l'histoire que je vais
vous raconter.

---

1. Une exposition a été consacrée au « style Prisu » au début de
l'année 2022 au musée des Arts décoratifs sous le titre « Le Design pour
tous : de Prisunic à Monoprix, une aventure française », où près de cinq
cents objets ont été présentés au public. Un catalogue d'exposition a été
publié à cette occasion : Sophie Chapdelaine de Montvalon, *Le Beau pour
tous. Maïmé Arnodin et Denise Fayolle, l'aventure de deux femmes de
style*, Paris, L'Iconoclaste, 2022. Denise Fayolle a été directrice du style
Prisunic de 1957 à 1967.

Première partie

Un parcours

1

RACINES

Je suis née en 1943 aux Ponts-de-Cé[1], dans le Maine-et-Loire, sur les bords du grand fleuve. Un hasard.

Je n'ai pas connu mes grands-parents, mais l'histoire familiale s'est transmise jusqu'à notre génération.

Pierre Rodi, mon grand-père paternel, était un « père blanc ». Homme de foi, il évangélisait le Sahara algérien quand, en remontant sur Alger, il rencontra une jeune femme juive dont il tomba amoureux. Quoique relativement âgé pour l'époque, il renonça pour elle à son sacerdoce et l'épousa. Le couple aura cinq enfants, dont Gilbert, mon père.

Jacob Bruhin, mon grand-père maternel, était originaire de Saint-Gall, en Suisse allemande. C'était un industriel spécialisé dans les broderies et les dentelles. Avec le recul que j'ai aujourd'hui, je ne peux

---

1. La ville tiendrait son nom de Jules César qui aurait traversé la Loire à cet endroit. Depuis l'Antiquité, Ponts-de-Cé a toujours été considéré comme un lieu stratégique par tous les belligérants qui cherchaient à franchir le fleuve.

m'empêcher de me demander s'il existe des « transmissions invisibles », car je ne l'ai pas connu et rien ne me prédisposait à travailler dans cette branche. Nos aînés nous transmettent-ils une vocation par-delà la mort et les générations ? Est-ce une coïncidence ? ou bien la destinée ? Je l'ignore. De son union avec Pia-Clara, ma grand-mère, il aura deux filles : ma mère, Nelly[1], puis ma tante Delphine. Après la Première Guerre mondiale, Jacob est appelé en France où il s'installe avec sa famille, d'abord dans le Nord, puis à Chemillé, près d'Angers, où il reprend les établissements Bazin. En 1943, l'usine sera détruite par les bombardements de l'aviation alliée.

*

En 1940, mon père Gilbert quitte son Algérie natale pour s'enrôler en tant que volontaire afin de défendre la mère patrie. Envoyé sur le front de l'Est, près de Nancy, et après les violents combats de juin 1940, il est fait prisonnier avec tout son régiment. Interné dans un camp provisoire, il parvient à s'évader avec un camarade et traverse la France pour gagner Chemillé où réside sa « marraine de guerre », ma tante Delphine, avec laquelle il correspondait depuis quelques semaines. Dans la maison familiale, une romance naît entre mon père et ma mère, qui avait suivi des études de sage-femme à Angers. Après leur mariage, mes

---

1. Je porte le même prénom que ma mère.

parents s'installent aux Ponts-de-Cé, où Roger, mon frère aîné, vient au monde en 1941. Deux ans plus tard, ce sera mon tour.

Par l'entremise de mes parents, je grandis à la croisée de deux cultures, de deux univers radicalement différents. L'union des monts de l'Atlas et des Alpes suisses... J'espère en avoir conservé le meilleur. De ma mère, j'ai hérité le goût de l'effort et du travail bien fait ainsi que le sens du devoir et de l'engagement public. De mon père, la force physique et mentale, la bonne humeur et la joie de vivre.

*

Pendant l'été 1944, mes parents sont obligés de fuir la ville des Ponts-de-Cé, lourdement bombardée par l'aviation alliée. Sans logis, avec deux enfants en bas âge dans les bras, ils prennent le chemin d'Élisabethville, dans les Yvelines, pour rejoindre ma tante Delphine.

La guerre terminée, un des oncles de mon père décide de faire fructifier ses économies en achetant un bar-restaurant dans le centre d'Alger, au pied de la Casbah, et confie la gérance de l'établissement à son neveu.

C'est ainsi que, en 1947, nous quittons la France métropolitaine pour nous installer dans l'appartement situé au-dessus du commerce. Mon frère suit sa scolarité chez les jésuites, moi, je vais chez les sœurs à Sainte-Marie. C'est de cette époque que datent mes premiers souvenirs d'enfant, ceux de cette belle lumière sur les murs blancs de la ville et du voile immaculé des femmes. De l'Algérie, je me rappelle aussi le bleu du ciel, le magnifique port d'Alger, l'odeur de la plage, les week-ends à Fort-de-l'Eau (Bordj el-Kiffan aujourd'hui), cité balnéaire à l'est d'Alger où mes parents possédaient un cabanon et où nous allions nous baigner et pratiquer la pêche sous-marine. L'Alger que j'ai connu était magnifique, avec ses immeubles haussmanniens et ses jardins suspendus. Nous habitions près de l'Opéra où j'étais « petit rat ». Je suis même montée sur scène danser avec Luis Mariano quand il est venu en Algérie lors de son tour de chant...

*

Le bar de mes parents était un vrai *melting-pot* de l'Algérie de l'époque. Une expérience humaine qui me marquera durablement. La clientèle était populaire et très variée socialement. Tous se côtoyaient dans une ambiance conviviale et festive. Devant le comptoir, on parlait toutes les langues possibles pendant que les habitués passaient leurs après-midis à jouer à d'interminables parties de cartes, de dominos, ou encore de *ronda*. Au fond du bar, il y avait des flippers et des baby-foots, une rareté en Algérie à cette époque. Le soir, il n'était pas rare qu'un musicien joue des airs arabo-andalous. Dès que les premières notes fusaient, il était rejoint par d'autres qui l'accompagnaient jusqu'au bout de la nuit. On dansait dans la rue jusqu'à plus d'heure.

Le bar-restaurant ne désemplissait pas. On venait de tous les quartiers d'Alger pour prendre du bon temps. Les gens aimaient l'atmosphère qui s'en dégageait. Au comptoir, mon père proposait de spectaculaires *kémias*, ces petits amuse-bouches typiques d'Afrique du Nord dont les clients raffolaient, et qu'ils grignotaient en buvant l'apéritif. Un autre monde, une autre époque. C'étaient encore des années d'insouciance.

Ce n'est qu'à partir de 1954 que les choses vont commencer à se tendre et à devenir difficiles au quotidien.

*

De son côté, maman travaillait beaucoup. Exerçant sa profession de sage-femme en libéral, elle officiait plusieurs jours par semaine à la maternité de l'hôpital d'Alger et le reste du temps pratiquait les soins et les accouchements à domicile.

À toute heure du jour et de la nuit, il n'était pas rare que l'on vienne tambouriner au rideau métallique du bar pour demander à ma mère de se rendre à la Casbah afin de faciliter une naissance ou encore soigner en urgence des blessures bénignes. C'était une personne respectée et tenue en haute estime par les habitants du quartier, comme à l'hôpital.

Pendant la journée, après l'école, ou le week-end, il m'arrivait parfois de l'accompagner et de l'aider comme je pouvais. Derrière une apparente fragilité, maman était une femme forte, au caractère bien affirmé. Malgré les coups du sort, malgré les difficultés de l'existence, jamais je ne l'ai entendue se plaindre. Il fallait affronter les événements, serrer les dents et avancer, vaille que vaille. Cette conduite valait également pour sa famille. Pour fortifier mon esprit et m'édifier sur les malheurs qui frappaient les personnes moins favorisées que moi, maman me demandait de la suivre quand elle allait soigner un malade souffrant de la lèpre, maladie que l'on trouvait encore dans les quartiers pauvres de la ville. Ces instants sont gravés dans ma mémoire.

Il lui arrivait régulièrement de faire des vaccins et de visiter les patients à domicile pour vérifier qu'ils prenaient bien leur traitement. C'est ainsi qu'elle a soigné et vacciné le jeune Roger Hanin, un de nos voisins, qui étudiait les textes sacrés à la synagogue de la ville.

Enfants, mon frère et moi étions protégés des soubresauts politiques et des crises qui commençaient à poindre. La vie des femmes était peu enviable en Algérie, même pour les Européennes, car la société était très machiste. Hommes et femmes vivaient chacun de leur côté, sans trop se mélanger. Malgré tout, malgré le contexte politique, ces années en Algérie ont été fondamentales pour moi. De ce brassage humain qui a bercé ma jeunesse, j'ai appris la tolérance, le respect des différentes cultures, l'acceptation de l'*autre*, sans préjugé, l'empathie humaine. D'Algérie, j'ai également rapporté la lumière, le goût des couleurs, une passion pour l'exotisme et la mer. De cette époque, j'ai gardé une grande ouverture d'esprit et la conviction que, pour y arriver, tout était possible, à condition de se transcender.

*

Nos années algériennes ont pris fin brutalement en 1956 quand mon père a été le témoin d'un assassinat. Interrogé par la police, il leur a raconté ce qu'il avait vu. Dès lors, sa tête a été mise à prix par le FLN et sa « condamnation à mort » imprimée sur des tracts distribués dans toute la ville. Au début, les menaces se sont faites en douceur, puis de plus en plus insistantes. Un matin, tôt, à l'ouverture du bar, des militants du FLN ont débarqué en armes. Ils ont pointé un pistolet sur la tempe de mon père et lui ont intimé l'ordre de partir immédiatement, faute de quoi ils se vengeraient sur ses enfants. Mon frère et moi étions à l'école ce jour-là. Je me rappelle encore la Sœur qui est entrée dans la classe et a dit, à haute voix, devant mes camarades : « Nelly, des policiers viennent te chercher. » Il se passera la même chose dans la classe de mon frère. La famille Rodi au complet s'est ainsi retrouvée au commissariat. La menace était réelle, et notre vie à tous était en danger. Nous avons passé deux jours confinés dans une pièce puis des policiers nous ont accompagnés au port et nous ont mis dans le premier bateau en partance pour la France.

Une nouvelle fois, mes parents avaient tout perdu. Mon père n'avait pu emporter que le maigrelet fonds de caisse de son café, et sa 4 CV Renault qu'il avait réussi à faire charger à bord du navire. Toutes nos affaires étaient restées dans l'appartement et nous n'avions pour seuls vêtements que ceux que nous portions sur nous. C'est le cœur lourd que nous sommes montés à bord. Lentement, le bateau a pris le large et nous avons quitté définitivement la rade d'Alger… Une vision sublime, malgré les circonstances. À la poupe du *Kairouan* qui allait nous mener en France, mes parents et mon frère étaient en pleurs. Pas moi. Par bien des aspects, je suis *née* ce jour-là. Pour la jeune fille que j'étais, ce retour en France était synonyme d'espoir et de liberté.

2

PARIS !

Le moins que l'on puisse dire, c'est que le retour au pays natal a été rude. Mes espoirs de nouvelle vie ont rapidement disparu face à la terrible réalité de ce rapatriement. Au quotidien, nous ne passions pas inaperçus à cause de notre accent pied-noir. À Paris, sur les Champs-Élysées, j'ai connu la haine. Pendant que nous faisions la queue pour aller voir un film, nous avons été chassés par un « Vous, les Pieds-noirs, dégagez ! », parce que cela s'entendait que nous venions d'Algérie. Il y avait une réelle hostilité et l'on nous traitait de tous les noms possibles et imaginables. Avec le temps, nous avons dû « apprendre à perdre » notre accent. Pour ma mère, mon frère et moi, cela a été possible, mais pas pour mon père, qui était né là-bas. Pourtant, je n'étais pas abattue, bien au contraire. J'y ai puisé un feu, une volonté, une force qui ne me quitteront plus, que ce soit dans ma vie personnelle ou dans ma vie professionnelle. Mais, dans l'immédiat, nous n'étions pas attendus et rien n'avait été préparé pour notre retour. Nous avions la vie sauve, et c'était tout.

Nous sommes descendus du bateau et, sur les quais de Marseille, nous sommes passés par l'un des petits bureaux montés sur des tréteaux, appelés par des lettres, où un fonctionnaire a enregistré nos noms et nous a dit : « Famille Rodi, c'est bon, vous êtes libres, vous pouvez y aller. » Mais pour aller où ? Maman était née en Suisse allemande. Elle a téléphoné à des cousins helvètes qui ont accepté de nous héberger. Dans la foulée, nous avons appris que le bar-restaurant familial à Alger avait été détruit par une explosion... Ensuite, ce sera quelques mois d'errance en région parisienne, jusqu'à ce que ma tante Delphine débloque la situation. À Élisabethville et dans les environs, on avait urgemment besoin d'une sage-femme, et les compétences de ma mère étaient plus que bienvenues. Quelques semaines plus tard, nous nous installions dans les Yvelines. Le matin, maman enfourchait son vélo pour aller soigner les patients et accoucher les femmes à domicile tandis que mon père, devenu représentant, sillonnait la région avec sa 2 CV commerciale. À quarante ans, mes parents redémarraient leur vie à zéro.

*

Désormais installée avec ma famille dans les Yvelines, je peux poursuivre plus sereinement mes études. Baccalauréat, BTS, puis c'est le stage avec Denise Fayolle. Ne restait plus qu'à trouver un travail. Pendant mes dernières semaines à Prisunic, je feuilletais les petites annonces du *Figaro*. Magie de l'époque et des Trente Glorieuses, du travail, il y en avait un peu partout, et en abondance… Quelques jours avant la fin de mon stage, une annonce retint mon attention : le Secrétariat international de la laine[1] (SIL) à Paris cherchait une « assistante de mode » parlant anglais et espagnol. J'arrive porte Maillot, avenue de Neuilly, au siège de la Woolmark. Je suis reçue par la directrice internationale de la mode. Je me revois encore dans son magnifique bureau. C'était une grande dame de la profession, d'une classe immense, et très imposante. Sur une estrade, il y avait une chaise à porteur Louis XV et une collection de boîtes en porcelaine anciennes… Comme je parlais anglais et espagnol, et que c'était ce qu'ils recherchaient, je suis recrutée sur-le-champ, sans plus de difficulté que ça ! Au SIL, je deviens l'assistante de la directrice de la mode de la branche parisienne de la Woolmark. Pour parfaire mes connaissances techniques, ma direction m'envoie à Roubaix suivre une formation continue d'ingénieur textile dans la laine. J'apprends auprès des industriels les techniques de tissage et les subtilités de la matière. Sur place, cela n'a pas toujours été facile, mais chez Paul et Jean Tiberghien, on m'enseigne les rudiments du métier. Par la suite, quand je présentais mes conseils

---

1. Communément appelé la « Woolmark » grâce à son logo internationalement connu, c'était une organisation financée par les éleveurs de moutons d'Australie et de Nouvelle-Zélande. Chargée de promouvoir l'usage de la laine, elle comptait des filières dans de nombreux pays à travers le monde.

« tendances » dans les usines, je « parlais métier », ce qui imposait le respect.

*

Progressivement, avec ma directrice, nous commençons à inventer cette profession de conseil en création et nous concevons les premiers « guides de tendances » de l'histoire de la mode, au demeurant fort modestes – cinq pages –, à montrer aux industriels pour les inciter à employer les différents types de fils et les gammes de couleurs que nous avions sélectionnés. C'est encore balbutiant et artisanal mais, de 1963 à 1967, comme à Prisunic, je propose de travailler la création avec les tisseurs à l'aide d'échantillons de matières. À cette époque, les tisseurs étaient les « grands seigneurs » de ce milieu. Les entreprises les plus importantes avaient été créées pendant la révolution industrielle et étaient, pour la plupart, encore dirigées par les descendants des fondateurs. Prospères et puissantes, elles finançaient de nombreuses campagnes publicitaires des couturiers. Avec les chefs de fabrication des ateliers de tissage que je visite, nous commençons à réfléchir sur ce que pourrait être l'épaisseur des fils de la saison suivante, à penser à des teintes plus originales... À cette époque, la laine, c'est blanc (écru), gris anthracite, bleu marine ou noir et, de temps en temps, bordeaux pour les plus courageux. Ma responsable, qui était plus commerciale que créative, me soutient dans ma démarche.

Grâce à mon nouveau travail, je découvre la vie parisienne et ses institutions culturelles. Je me nourris de culture et, dès que je le peux, visite les musées où je découvre les merveilles de la peinture, de la sculpture et de l'architecture. Une habitude qui ne me quittera plus. Ce sera un éblouissement pour mon esprit et cela contribuera fortement à la formation de mon « œil » de styliste. Je prends conscience de l'importance de l'art dans la vie. Entretemps, je me marie avec Christian, mon premier amour. Un an plus tard, je suis divorcée.

Au SIL, j'étais l'« assistante », c'est-à-dire la « petite main », prête à tout faire. C'était comme ça à l'époque, et j'aimais cette polyvalence créative. Moi qui déteste la routine, je découvrais de nouvelles facettes du métier et m'enrichissais intellectuellement. Toute cette matière me servira plus tard. C'est ainsi que l'on m'envoyait dans les studios photo porter des sacs pour les *shootings*. J'allais aussi habiller les mannequins de deux jeunes couturiers[1], Yves Saint Laurent et Karl Lagerfeld, qui avaient gagné le concours de la Woolmark – concours qui avait lancé leurs carrières respectives. Quand ma directrice ne pouvait pas s'y rendre, je profitais de son invitation et assistais aux défilés de Haute Couture[2] chez Chanel, Christian Dior... Au SIL, j'étais présente aux séances photo de William Klein, qui réalisait les campagnes publicitaires. Il me

---

1. Ce n'est qu'à partir des années 1970 que l'on dira « créateurs ».

2. Le terme « Haute Couture », qui est toujours défini précisément par la Fédération de la mode, désigne les robes faites sur mesure pour les femmes. Pour les hommes, on disait « Grande Mesure ».

demanda de faire de la figuration dans son film *Qui êtes-vous, Polly Maggoo ?*, où j'apparais furtivement à l'écran dans un décor troglodyte à mimer les stars de la presse. Le spectre de mes attributions était très large !

*

Je suis restée quatre ans à la Woolmark. Un jour, Michel Blin, un entrepreneur très respecté dans le métier, qui dirigeait l'entreprise Blin & Blin, LE spécialiste du drap de laine installé à Elbeuf, m'informe que l'Institut international du coton (IIC) cherche une directrice de mode et de relations publiques. Je postule et suis recrutée grâce à mes compétences techniques. Comme la Woolmark pour la laine, l'IIC était un organisme financé par les producteurs, de coton cette fois, pour promouvoir la matière auprès des industriels. À l'époque, le coton n'était pas considéré comme une fibre « noble », à l'instar de la laine, et une grande partie de mon travail consistait à lui (re)donner ses lettres de noblesse. Pour beaucoup de créateurs, le coton était une matière secondaire, avec peu d'applications et, qui plus est, de plus en plus concurrencée par le polyester qui arrivait sur le marché. Grâce à mes nouvelles fonctions à l'Institut international du coton, je m'installe dans un grand bureau, à l'angle de la rue du Bac et du boulevard Saint-Germain (dans le VIIe arrondissement). Aux premières loges pour assister aux événements de Mai 68... Sur place, je constitue une *fabric library*, un *showroom* permanent où les professionnels consultent les matières, prennent connaissance des futures couleurs tendance. Je dirige aussi les premières campagnes publicitaires et engage le talentueux photographe Jean-Daniel Lorieux. Dans ma démarche, je suis soutenue par Hermann Sœtaert, le directeur international de l'IIC, un Belge à l'humour fou ! Pour mettre en valeur cette matière, je monte des « cahiers de tendances » – là aussi – avec des fils et des couleurs, et montre mes échantillons aux grands couturiers. J'espère obtenir d'eux des modèles à photographier afin de publier les clichés dans *Vogue*, *Elle* ou encore *Harper's Bazaar*. Je démarche les grandes maisons de Haute Couture, j'obtiens des rendez-vous chez Dior, Chanel, Yves Saint Laurent, André Courrèges, Louis Féraud, etc., où je présente mes échantillons aux responsables des achats « tissus ». Et puis, un jour, je décroche le graal : un rendez-vous avec Pierre Cardin en personne, qui voulait choisir lui-même les matières pour ses modèles. Arrivée rue du Faubourg-Saint-Honoré, on m'informe que, finalement, c'est son attaché de presse qui va me recevoir. Un certain François-Marie Banier m'attendait, les pieds sur son bureau. J'étais pour le moins surprise par cette désinvolture, mais j'ai su par la suite que c'était pour cette insolence que Pierre Cardin l'appréciait… Mais le plus important était sauf. Ce jour-là, j'ai réussi à placer les matières que je souhaitais. La campagne publicitaire était assurée. Dans la mode, il faut savoir tout faire…

3

LE « CHOC COURRÈGES »

En 1969, après avoir participé à l'Interstoff, le salon professionnel textile, tenu à Francfort, je monte dans l'avion pour rentrer à Paris. À côté de moi s'installe une bien étrange personne qui ne passait pas inaperçue avec son *look* futuriste et sa combinaison bleu ciel. Je ne connaissais pas personnellement cet homme, mais je le reconnus tout de suite. Plusieurs fois, je m'étais rendue dans son studio pour « placer » du coton à la responsable des achats tissus de son entreprise. Si je ne l'avais jamais rencontré directement, ses créations, les plus visionnaires du moment, m'étaient en revanche familières. Nous profitons du vol pour faire connaissance et, très vite, nous sympathisons. Sans surprise, nous avons parlé couture, matières, mode... Ce fut un véritable « coup de foudre » professionnel, artistique et humain. Arrivés à Paris, je l'ai raccompagné en voiture jusqu'à son domicile de Neuilly-sur-Seine où il vécut jusqu'à sa mort. Le lendemain, pour me remercier, un bouquet de fleurs blanches m'attendait sur mon bureau.

Une carte l'accompagnait. Il voulait me revoir. Cet homme, c'était André Courrèges.

*

André Courrèges était avant tout un être au charme irrésistible. Grand séducteur, il aimait les femmes et souhaitait les libérer des carcans de l'époque. Il voulait qu'elles soient belles, modernes, élégantes et joyeuses. Humainement parlant, c'était un être exceptionnel. Dès son plus jeune âge, il désirait travailler dans la mode, mais ses parents l'avaient obligé à faire des études d'ingénieur en génie civil aux Ponts et Chaussées. En parallèle de sa formation, il avait appris le métier en suivant les cours du soir à l'École de la chambre syndicale de la couture parisienne. Fasciné par la maîtrise de la coupe et la perfection des collections de Cristóbal Balenciaga (qui, lui, avait fait des études d'architecture), André Courrèges intègre le studio de création du couturier espagnol et se perfectionne « sur le tas » pendant six ans. Au début des années 1960, il fonde sa propre maison de couture, avec la bénédiction de Balenciaga[1].

On peine à imaginer aujourd'hui ce qu'a été la « révolution Courrèges ». La présentation de son premier défilé en 1963 sonne comme un coup de tonnerre

---

1. C'est Emmanuel Ungaro, qui travaillait également chez Balenciaga, qui lui succédera. Une petite rivalité existait entre André Courrèges et Emmanuel Ungaro. Quand Ungaro a lancé sa propre griffe, il y avait de nombreuses similitudes avec les créations de Courrèges, ce qui ne manquait pas de l'agacer.

au beau milieu de la nuit. Nombre de journalistes qui avaient assisté au défilé en étaient revenus bouleversés. À un point tel que la presse spécialisée titrait « Le choc Courrèges », « La bombe Courrèges » ou encore « La révolution Courrèges ». Rien de moins.

Cette collection de 1963 avait révolutionné le monde de la mode, qui oscillait entre les tenues hippies et les créations de Jean Bouquin, le couturier personnel de Brigitte Bardot. Avec leurs combinaisons de spationautes, les mannequins d'André Courrèges détonnaient dans le paysage… Sa couleur fétiche, jusqu'à l'obsession, était le blanc. Les autres couleurs (pastel ou primaires) ne servaient qu'à mettre en valeur cette pureté virginale. Les créations Courrèges se démarquaient par l'utilisation de matières innovantes et des coupes très architecturales, extraordinairement contemporaines : robes courtes en forme de trapèze, bottes en cuir qui montaient jusqu'à mi-mollet, pantacourt, justaucorps en maille, minijupe dont Courrèges serait l'inventeur[1]. Sous son impulsion également, le port du pantalon se généralise pour les femmes. Avec lui, un vent de modernité sans équivalent souffla sur la mode. Courrèges choque ; c'est une révolution !

*

---

1. Selon certaines sources, ce serait la créatrice britannique Mary qui aurait inventé la minijupe. Toutefois, ce n'est qu'en 1965 qu'elle l'a présentée dans ses collections alors qu'André Courrèges l'avait fait en 1963.

Je revois très vite André. Sans plus de formalité, et avec son accent palois si caractéristique, il me débauche de l'Institut international du coton avec ces mots : « Petite, tu vas venir dans l'équipe et tu vas t'occuper de l'image de la marque et assurer les relations publiques. » Me voilà dans le grand bain. C'est peu dire que mon arrivée dans les locaux de la maison, au dernier étage d'un immeuble de la rue François-Ier, dans le VIIIe arrondissement de Paris, fut à peu près l'équivalent d'un débarquement sur une autre planète... Tout l'étage était en *open space* – une des marottes de Courrèges qui détestait les cloisons – et les murs, blancs (forcément), étaient repeints au minimum deux fois par an pour qu'il n'y ait pas la moindre tache et qu'ils gardent leur immaculée blancheur. C'était la même chose à son domicile de Neuilly où André avait abattu toutes les cloisons, comme dans un loft, même si, à cette époque, le concept n'existait pas encore. Chez lui, on déambulait de la cuisine au salon, de la salle à manger à la chambre sans aucune contrainte. Même les murs de la salle de bains et des toilettes avaient disparu !

En 1972, l'usine Courrèges, à Pau, était également révolutionnaire dans sa conception, avec son architecture futuriste qui évoque plus un musée d'art moderne qu'autre chose... L'intérieur était à l'avenant : lumière qui tombait du ciel, sans aucune cloison, peinture blanche partout et près de six cents ouvrières qui travaillaient dans le même espace, au vu et au su des autres. Cette organisation n'allait pas de soi pour tout le monde... Le jour de l'inauguration, André, entouré de toute son équipe et des autorités locales, était très fier de présenter son usine ultramoderne aux journalistes. Mais, alors que nous déambulions dans les ateliers, il remarqua qu'une ouvrière de la chaîne de fabrication avait mis des cageots de bois à sa droite et à sa gauche, refermant ainsi son espace. André lui demanda : « Mais pourquoi faites-vous ça, mademoiselle ? », et elle lui répondit : « Monsieur, je ne peux pas travailler comme ça, je suis perdue, j'ai besoin d'avoir mon espace. » André en était tout contrit...

*

André Courrèges était un visionnaire sans équivalent. Quand je parle de lui dans mes interviews, je dis souvent – et je le pense sincèrement – que c'était le Léonard de Vinci de son époque. Un touche-à-tout de génie. « Physiquement », il vivait parmi nous ; « intellectuellement », il appartenait déjà au XXIe siècle. André concevait le monde du futur et, nous, nous assistions à cette émergence. C'était fascinant. Il n'appréhendait son travail que dans une globalité : d'abord, la Haute Couture, qui était la « vitrine » de la maison, ensuite, le prêt-à-porter, très important pour lui. Courrèges a été l'une des premières marques de Haute Couture à se lancer dans le prêt-à-porter[1]. André voulait démocratiser la mode, créer une esthétique populaire qui fasse bouger l'époque grâce à des modèles portés

---

1. Le premier a été Christian Dior, en 1948.

au quotidien – et qui se promènent dans la rue ! Il souhaitait également maîtriser en direct le processus de fabrication, et c'est à cette intention qu'il avait fait construire l'usine de Pau. Enfin, il proposait des accessoires, des parfums et du *design* (luminaires, tables, fauteuils). Courrèges était un des pionniers du *lifestyle*, qui consiste à faire entrer le beau et la modernité dans la mode, mais aussi à l'intérieur des maisons. Dans son projet de « concept global », il était un fervent écologiste, convaincu qu'une bonne nourriture et qu'un corps sain étaient indissociables. Le midi, nous déjeunions souvent tous ensemble. André avait recruté une cuisinière spécialement chargée de nous préparer des plats équilibrés et naturels (on ne disait pas « bio » à l'époque).

Et puis, André et Coqueline, son épouse, étaient obsédés par la conception d'une voiture électrique. Ils y travaillaient avec acharnement avec ce mantra extraordinaire : « Nelly, on ne va pas continuer à faire du pétrole toute notre vie ! » C'était un authentique visionnaire.

*

Le dernier étage de la maison Courrèges était une véritable ruche, où l'émulation était extraordinaire. Pendant ces années, j'y ai côtoyé Maïmé Arnodin, de l'agence Mafia, chargée des campagnes publicitaires. Les plus grands photographes travaillaient pour la maison : Peter Knapp, Henri Cartier-Bresson, Jean-Daniel

Lorieux (que j'ai présenté à André), Jacques-Henri Lartigue, Richard Avedon, Helmut Newton, Jean-Marie Périer, pour ne citer que les principaux. L'intitulé de mon poste était clair, mais, dans le travail, au quotidien, c'était plus nébuleux... À cette époque, les fonctions n'étaient pas aussi définies, délimitées qu'aujourd'hui. Dans le studio, nous étions tous très polyvalents. Chez Courrèges, il fallait savoir tout faire. Je commandais des tissus pour aider Madame Gilbert, la responsable des achats, j'organisais des défilés à l'autre bout du monde, j'avais aussi les clefs de la voiture d'André pour l'emmener ou le ramener de l'aéroport. Il avait une totale confiance en moi, et, je dois bien le reconnaître, je suis devenue un peu sa « groupie », tellement il était charismatique. Je l'aimais beaucoup, et c'était réciproque.

Dans ce tourbillon créatif, Coqueline était au diapason. En fin de grossesse, elle se déplaçait au bureau sur un brancard porté par quatre personnes pour diriger le studio et surveiller l'avancement des collections. André et Coqueline étaient très fusionnels mais, surtout, complémentaires. Il y avait une symbiose extraordinaire entre eux deux, et elle l'encourageait dans sa démarche créatrice. Chez Courrèges, tout passait par l'émotion et les sentiments. C'était une question de fluides et de *feeling*. Cela ne pouvait pas être autrement.

Dans le travail comme dans la vie, André était dans l'empathie et la proximité. Quand Mme Claude Pompidou, Françoise Hardy ou encore Véronique Sanson venaient se faire habiller, André construisait de belles architectures autour de leurs corps filiformes. Il était très à l'écoute des autres, il était également très paternaliste et nous traitait comme des enfants avec ses « eh ! petite, est-ce que tu peux… ».

Son style de vie était extraordinairement radical. Quand il sortait dans la rue, vêtu de sa combinaison futuriste blanche ou rose, les automobilistes le hélaient pour lui demander le plein d'essence ! Ils le prenaient pour le pompiste de la station du coin[1] ! À ceux qui s'étonnaient d'un tel accoutrement, il répondait : « Le vêtement impose un style de vie et une manière de penser et je suis habillé comme je pense. » Quand sa fille est née, André l'a baptisée « Clafoutis », parce que c'était son dessert préféré… Bien entendu, l'employé de l'état civil a refusé d'enregistrer un prénom pareil. André l'a donc « officiellement » renommée « Marie-Clafoutis », même si on n'utilisait que le second prénom[2].

*

Chez Courrèges, en parallèle des relations publiques, je m'occupais aussi de la conception des flacons de parfum, notamment Empreinte, au bouchon en forme de boule. Toute la philosophie d'André résumée en une figure. Pour lui, tout partait d'un point qui devenait un

---

1. Le garage station-essence deviendra par la suite le siège d'Europe 1, rue François-Ier.
2. Aujourd'hui, sa fille se fait appeler « Marie ».

cercle, puis une boule... Et cette sphère désignait la vie, les planètes, le soleil, la lune... Ensuite, j'ai créé le journal *Hyperbole*, un matériel de vitrine dont l'ambition était de maintenir un lien entre les nombreuses franchises Courrèges qui se développaient en France et à travers le monde. J'ai aussi participé, bien sûr, aux défilés de la maison – un des rares moments de tension avec André. Je m'occupais alors de la « cabine[1] ». Je devais composer avec les exigences d'André qui, perfectionniste, voulait que Fanfou, Nicole, Tania, Nadège, Anne-Marie, Hyrcania, Monika et bien d'autres mannequins soient en mouvement quand elles passaient sur le podium. Il était hors de question pour lui que les filles restent statiques et avancent sans un sourire. Au contraire, il les faisait rire, elles étaient gaies et elles bougeaient sur une musique festive. La danse jouait un rôle très important dans les créations d'André.

*

Chez Courrèges, on était tellement investis dans le travail que l'on en perdait parfois le sens commun.

---

1. Jargon du métier qui désignait l'endroit où les mannequins employées à plein temps se tenaient dans les maisons de couture au début du XXe siècle. Le terme s'était tellement banalisé que de nombreux stylistes n'appelaient pas les modèles par leur prénom, mais réclamaient directement la « Cabine ! ». Après la Seconde Guerre mondiale, la « cabine » pouvait désigner la maison à laquelle la mannequin était fière d'appartenir. Elle disait qu'elle était de la « cabine Dior » ou de la « cabine Chanel », etc. Aujourd'hui, la « cabine » est l'endroit où, en *backstage* des défilés, se retrouvent les mannequins et où sont rangés les robes, les accessoires, etc.

Fin mars-début avril 1973, j'étais à Hong Kong pour représenter la maison dans la colonie britannique. J'organisais pour l'hôtel Hilton tous les jours, pendant un mois, un défilé Courrèges à 18 heures précises, avec Patachou qui accompagnait au piano et chantait *April in Paris*, une œuvre de circonstance. Dans l'absolu, rien d'anormal, excepté que je devais en même temps me concerter avec Anne Clert (ma douce amie), qui était restée à Paris et qui s'occupait d'organiser à ma place mon mariage avec Jean-Michel – l'homme de ma vie – qui devait avoir lieu fin avril. Avec le recul, quand j'y repense... Je suis rentrée à Paris à quelques heures de la cérémonie. Juste le temps de passer rue François-Ier récupérer un tailleur et une robe (blanche) Courrèges (forcément), avant de passer devant Mme Nelly Rodi, ma mère, devenue maire d'Aubergenville...

J'ai passé quatre belles années chez Courrèges mais, à un moment, j'ai eu besoin de souffler, d'aller voir ailleurs. André était un être exceptionnel, mais travailler à ses côtés avait quelque chose d'étouffant. Le rythme de travail et le mode de vie m'épuisaient. Quand je lui ai dit que je voulais reprendre ma liberté, il m'a répondu : « Pas de problème, "petite", tu vas faire ta vie et je vais t'aider à t'installer. Comme ça, tu vas continuer à travailler pour moi à mi-temps, et tu vas prendre d'autres clients. » Ainsi, quelques semaines plus tard, je me suis retrouvée dans un bureau rue de La Trémoille, face à la maison Courrèges, avec deux collaborateurs. Grâce à André, j'ai pu commencer une nouvelle vie indépendante.

*

Il y a quelques années, je suis retournée dans les locaux de la rue François-Ier. Cela m'a beaucoup émue de retrouver ces lieux qui n'avaient pas fondamentalement changé. À partir des années 1980, la marque n'avait plus le même succès. Je pensais sincèrement que la maison avait besoin d'un souffle nouveau qui lui permettrait de se réinventer. J'avais présenté Jean-Charles de Castelbajac à André pour qu'il renouvelle le *look* de la maison. Sans succès, hélas, cela n'a pas marché entre eux. Depuis 2018, la maison est intégrée à Artémis, la holding de la famille Pinault, et opère une véritable résurrection en renouant avec son passé prestigieux tout en restant dans cette modernité qu'avait insufflée André.

La rencontre avec André Courrèges a été fondamentale dans ma vie. Il a été mon ami, mon mentor, et j'ai beaucoup appris avec lui. Sans son soutien, je n'aurais pas pu prendre mon indépendance ni, à terme, créer mon agence. Je lui dois énormément.

4

NOUVEAUX DÉFIS !

Pendant deux ans, j'ai travaillé en tant qu'indépendante. Tous les jours, le matin ou l'après-midi, j'allais chez Courrèges – cette collaboration se poursuivra jusqu'en 1978 – et je consacrais l'autre demi-journée à m'occuper de mes premiers clients. Très vite, je devins consultante pour les grands magasins Franck & Fils, une institution à Passy, qui vendaient des vêtements haut de gamme, des chapeaux, des sacs, de la lingerie[1]. Deux fois par an, je conseillais les acheteurs du grand magasin et organisais des réunions autour de petits guides de tendances que je préparais à leur intention. En parallèle, j'ai récupéré la marque de mode enfantine Absorba, dont le siège se situait à Troyes. Avec mes premiers clients, je me suis lancée !

Ma vie est faite de rencontres. En 1975, je croise fortuitement un personnage important du ministère de

---

1. Aujourd'hui, l'emplacement est devenu une succursale de La Grande Épicerie de Paris, du Bon Marché.

l'Industrie qui recherchait une directrice pour coordonner l'ensemble des industries textiles, de la filature jusqu'à la distribution en passant par le tissage et la confection, au sein du Comité de coordination des industries de la mode (abrégé en CIM). Nous discutons quelques instants du métier, des attentes, des perspectives, et mon interlocuteur me dit : « Vous êtes faite pour ce poste, vous devriez postuler. » C'est ce que je fais quelques jours plus tard, non sans avoir négocié une semaine de « quatre jours » qui me permettait de réserver une journée pour continuer à m'occuper des clients avec lesquels je travaillais en direct.

*

Organisme institutionnel à but non lucratif, le CIM avait été créé en 1955 et était financé pour moitié par le ministère de l'Industrie et pour moitié par les cotisations d'entreprises adhérentes. Il servait de source d'inspiration pour les stylistes, les conseillères de mode et les premiers « bureaux de style » qui commençaient à émerger. Les débuts étaient modestes puisque, vingt ans après sa fondation, le CIM comptait moins d'une cinquantaine d'adhérents.

Je m'installe dans mon nouveau bureau de la rue d'Anjou, dans le VIIIe arrondissement, et prends la direction d'une petite équipe. L'immeuble regroupe plusieurs organismes de la profession, dont « Mode Homme », « Le Groupement de la maille » et le CIM, pour les vêtements. Très vite, je passe des petites annonces dans *Le Figaro* pour trouver des collaboratrices stylistes et j'embauche une charmante et très talentueuse Hollandaise du nom de Lidewij Edelkoort, qui débarque dans mon bureau pour son entretien d'embauche vêtue d'un short rose et bottée jusqu'aux genoux ! Elle me présente un dossier personnel de grande qualité et le courant passe immédiatement entre nous. C'est le début d'une longue et belle collaboration, car Li est restée une amie fidèle qui me suivra dans toutes mes aventures futures… Bettina Witzel, une jeune Allemande, rejoindra également l'équipe et deviendra notre spécialiste des couleurs. Elle aussi m'accompagnera dans mes nombreuses pérégrinations…

*

Avec mon équipe, je mets en place et structure les premiers outils qui préfigureront l'agence NellyRodi. Pour commencer, j'initie les premières rencontres avec les différents « bureaux de style » parisiens. Certes, nous étions concurrents, mais, deux fois par an, nous nous réunissions au CIM pour échanger sur ce que nous avions perçu et comment nous imaginions les tendances à venir. L'idée n'était pas de « prendre » les idées des autres mais, au contraire, d'échanger en toute liberté et voir ce que d'autres « tendanceurs » – on ne disait pas ce mot à l'époque – avaient senti de leur côté. Cela confirmait ou infirmait nos intuitions.

En parallèle, nous constituons des « groupes de réflexions » auxquels participent des stylistes mais aussi des industriels pour cerner les futures tendances et leurs applications de la filature à la distribution. À l'époque, nous travaillions surtout sur les gammes de couleurs à venir, les matières, les types de tissus. Une synthèse était produite, les premiers « cahiers de tendances » qui ne disaient pas encore leur nom...

En plus de cela, je développe un concept nouveau pour présenter les tendances : des « conférences audio-visuelles ». Dans de grandes salles, sur scène, j'organise des présentations multimédias au cours desquelles sont projetées des diapositives qui expliquent au public présent – des industriels et des stylistes principalement – les sources d'inspiration et le pourquoi des tendances à venir. Ces « audiovisuels[1] », comme on les appelait en interne, n'étaient pas un simple alignement d'images. C'étaient de vrais spectacles, où les couleurs et les matières étaient mises en valeur dans leur présentation tandis que les images étaient projetées dans une semi-pénombre. C'est à cette occasion que j'ai découvert le pouvoir de persuasion de ma voix. J'ai toujours eu une voix grave et, à l'école, pendant mon adolescence en Algérie, mes camarades de classe s'en moquaient et m'appelaient le « loup-garou »... Mais là, pendant ces « audiovisuels », dans la pénombre, elle devenait chaleureuse et sensuelle, au service des matières et des tendances.

---

1. Aujourd'hui, on dirait *Keynotes*.

Dans la foulée, je deviens la présidente française du *Fashion Group*, une organisation professionnelle créée en 1928 à New York par un groupe de femmes travaillant dans les secteurs de la mode et rassemblant leurs principaux acteurs. Après chaque *Fashion Week*, je demande aux grandes maisons de nous prêter quelques pièces parmi les plus emblématiques de leurs défilés pour les présenter à nos adhérents afin qu'ils puissent se faire une idée des grandes thématiques abordées pendant la semaine écoulée. Coordonner, organiser, fédérer, synthétiser, encore et toujours. Au cours de l'une de ces présentations, nous avons proposé un défilé des collections d'Anne-Marie Beretta. La très grande créatrice arborait en permanence une magnifique « queue-de-cheval » qui était sa coupe de cheveux « signature » et qu'elle imposait aussi à ses mannequins pendant les défilés. Cette année-là, j'avais invité Bernard Pivot pour commenter le défilé, mais, peu au fait des us et coutumes du milieu, le célèbre journaliste ne put s'empêcher de s'exclamer : « Qu'est-ce que c'est moche, ces queues-de-cheval ! » À la grande colère de la créatrice…

*

Au CIM, nous lancions régulièrement des « appels à projets » auprès de créateurs de mode. C'est ainsi que le jeune Thierry Mugler travaillera sur les *Cahiers de tendances* du CIM pendant de nombreuses saisons avant de lancer sa propre maison de couture. Un autre

51

créateur viendra régulièrement dans nos locaux vendre
ses dessins : il était tout jeune, mince comme une
baguette, et arborait déjà son iconique marinière, il
s'agissait bien sûr de Jean-Paul Gaultier. Quand il passait dans les bureaux, c'était toujours un grand plaisir
de le recevoir. Il était charmant, beau et souriant. Il
apportait de la gaîté et de la fraîcheur. Quand il éta-
lait ses dessins sur mon bureau, j'appelais mes collaborateurs et l'on examinait ensemble ses créations
pleines de magnifiques intuitions. Quand certains de
ses croquis « collaient » aux tendances à venir, nous
les lui achetions, ce qui lui permettait de subsister en
attendant de créer sa griffe, qui, comme chacun le sait,
sera promise à un bel avenir. Il nous vendait aussi
des bijoux qu'il concevait et fabriquait lui-même. À
mon domicile, j'ai toujours un de ses pendentifs que
je conserve précieusement.

*

Au CIM, le succès est au rendez-vous. Mes prési-
dents, Alain Sarfati puis Pierre Bergé, me soutiennent.
Au début des années 1980, nous travaillerons de
concert à la création de l'Institut français de la mode.
Le nombre d'adhérents progresse constamment, ce qui
me permet d'avoir un budget de fonctionnement un
peu plus confortable chaque année. L'équipe aussi s'est
étoffée et nous avons quitté les locaux de la rue d'Anjou pour d'autres, tout proches, mais plus grands. Nos
initiatives plaisent, les professionnels s'approprient les

outils que nous mettons en place. Nos « audiovisuels » et nos *Cahiers de tendances* fonctionnent bien. En 1985, dix ans après mon arrivée, le CIM comptait près de quatre cents adhérents. Je pouvais me targuer d'un beau parcours, doublé désormais d'une solide réputation dans le milieu de la mode.

5

L'AGENCE

La grande aventure de l'agence NellyRodi a commencé un beau matin de printemps, en 1985, dans la salle de bains du domicile familial, quand, tout de go, alors que je me brossais les dents, j'interroge mon époux : « Jean-Michel, si je crée mon propre "bureau de style", est-ce que tu m'aideras ? » Un peu surpris par une telle question de si bon matin, dans un endroit pour le moins insolite pour ce genre de discussion, mon mari me répond sans la moindre hésitation et le plus naturellement du monde : « Mais bien évidemment Nelly ! Dis-moi ce qu'il te faut... » Quelques mois plus tard, je quittais le CIM et lançais mon propre « bureau de style ». C'est ainsi qu'à l'automne 1985 j'inaugurais mes locaux. L'agence NellyRodi était née.

*

Depuis dix ans, en toute objectivité, j'occupais un poste qui me plaisait au CIM, au cœur des différents métiers de la mode et des créateurs. C'était passionnant, et pourtant, malgré tout, je ressentais au fond de moi un désir d'indépendance.

Un élément a facilité le « passage à l'acte », si l'on peut dire. En 1975, il était prévu de construire, à l'emplacement du futur Forum des Halles, un gigantesque centre dédié à la mode qui engloberait un musée, une école et un lieu d'exposition pour les tendances. Le CIM avait été mis à contribution pour en préciser les contours. Personnellement, je m'étais beaucoup investie dans ce projet qui était enthousiasmant et j'avais été pressentie pour en prendre la direction : concilier dans un même endroit le passé, le futur et la formation était tout ce que j'aurais aimé faire. L'élection de François Mitterrand en 1981 changea la donne, et l'idée est définitivement abandonnée en 1983. Ce fut pour moi une grande déception. Cette mésaventure m'a donné des envies de liberté. J'en avais un peu assez des réunions interminables et de ces innombrables commissions qui débouchaient souvent sur rien. Fondamentalement, je n'avais plus envie d'appartenir à une organisation officielle, ne plus subir les lourdeurs administratives, ne plus dépendre de tel ou tel haut fonctionnaire. Il fallait que je change d'air.

*

Mais créer son propre « bureau de style » n'était pas sans risques. Dans les années 1980, ce type de société d'étude avait le vent en poupe et je me hasardais sur un terrain hautement concurrentiel. Il aurait été plus simple, plus facile et, surtout, moins périlleux pour moi de continuer à travailler au CIM.

Je ne partais toutefois pas d'une feuille blanche car, depuis quelques années, certains des adhérents du CIM, qui appréciaient mon travail et mes méthodes, me demandaient de collaborer de façon plus régulière avec eux, comme indépendante. Progressivement, d'autres clients suivront. Au CIM, je parvins à me libérer un jour par semaine mais, la demande allant croissant, il me fallait prendre une décision. J'étais au milieu du gué. À l'autre bout du monde, d'autres éléments m'ont aidée à franchir le pas. Régulièrement, je me rendais au Japon pour le compte du CIM et, à chaque voyage, c'est émerveillée que je découvrais le formidable potentiel de ce pays et tout ce qu'il pouvait nous apporter. Au CIM, malgré mes efforts, cela restait très franco-français et j'avais l'impression de passer à côté de quelque chose d'important.

*

Devenir indépendante, lancer son propre « bureau de style », nécessite des locaux, des collaborateurs et, surtout, des moyens financiers. Et je dois bien reconnaître que, de ce point de vue, j'ai eu la chance inouïe d'avoir un mari formidable. Son aide à la fois économique et morale a été déterminante.

Jean-Michel était obstétricien, il aimait les femmes, il aimait travailler avec elles. Il les soutenait et les défendait contre les injustices et les mauvais coups du sort qui ne manquaient pas dans les années 1970. Cette attitude n'était pas si répandue que ça à l'époque et lui a valu de se faire taper sur les doigts par l'inspection du travail parce qu'il embauchait trop de femmes dans son service. Un comble !

Dans sa jeunesse, Jean-Michel avait hésité entre poursuivre des études de médecine ou des études de commerce. Finalement, il avait opté pour les premières tout en gardant un œil sur les secondes. C'est lui qui m'a aidée à monter l'Agence, à la structurer, et qui s'est occupé, au début du moins, des aspects financiers. Au quotidien, j'étais plus à l'aise dans le domaine de la création et maîtrisais moins les aspects financiers. Tous les mois, pendant quinze ans, mon mari venait faire le point avec la comptable en plus de son travail à l'hôpital. Sans lui, l'Agence aurait sombré cent fois. Son apport a été financier, c'est indéniable, mais aussi moral, en me soutenant, en m'aidant dans la gestion de l'entreprise et en s'occupant des enfants quand j'étais en voyage aux quatre coins du monde. C'était à la fois mon mari, mon pygmalion et mon « ange gardien ». Sans mon mari, je n'aurais jamais eu cette carrière professionnelle. Jamais je n'aurais pu y arriver seule.

*

Les débuts de l'agence NellyRodi sont modestes, mais nous progressons vite. Un autre homme m'a beaucoup aidée à cette époque : Gérard Weill, un Alsacien, propriétaire des tissus Géwé. Il me demande de concevoir la partie artistique de ses collections imprimées et me propose un intéressement sur les ventes, ce qui était très inhabituel dans la profession. Comme le succès est au rendez-vous, grâce à des imprimés inspirés des tableaux de Gauguin, j'ai pu compter sur une assise financière confortable dès mes débuts.

À l'Agence, à mes côtés, une petite équipe de quatre personnes, dont François Bernard, Élisabeth Leriche et José Lévy, commence à concevoir les premiers *Cahiers de tendances* qui seront notre « marque de fabrique » et assureront nos premiers succès. Dès le début, pour nous différencier de la concurrence, nous travaillons la couleur non pas comme un bloc monochrome, mais en proposant toute une palette de nuances aux teintes exclusives. Il en va de même pour les photographies, que nous soignons spécialement. L'image en général et la photographie en particulier sont fondamentales dans notre métier. Tout au long de ma carrière, à la Woolmark, à l'Institut international du coton, chez Courrèges et au CIM, j'ai travaillé avec de grands photographes. J'aimais organiser les *shootings*, comme on dit aujourd'hui, assister à ces prises de vue si méticuleuses qui vont saisir l'« instant magique », qui produira l'image que nous cherchons à construire. À l'Agence, il n'était pas question de se contenter d'images d'illustration, ou bien de photos publiées dans la presse ou encore tombées dans le domaine public. Nous avons toujours eu à cœur la volonté d'élaborer des images exclusives pour illustrer nos tendances. Il fallait donc créer les scénarios de nos histoires et les confier à de jeunes photographes de talent comme Cédric Viollet, Philippe Jarrigeon et Grégoire Alexandre qui continue encore à travailler à nos côtés. On l'oublie souvent, mais les *shootings* photographiques sont de véritables productions qui nécessitent une organisation quasi militaire et occasionnent des coûts financiers et matériels considérables pour assurer le déplacement des mannequins, le transport du studio, le salaire des photographes, mais aussi celui des mannequins, des coiffeurs, des maquilleurs, sans oublier les assurances et la location du studio… Et je ne parle pas du temps passé… Aujourd'hui, c'est Cécile Rosenstrauch, notre directrice de la création, elle-même photographe, qui exprime sa créativité en sublimant les concepts de l'Agence tout en lui donnant cette identité si particulière.

*

L'autre particularité qui distingue notre agence des autres « bureaux de style » réside dans sa diversification. Au début, nous travaillions sur la mode féminine et la mode enfantine mais, assez rapidement, j'ai souhaité me démarquer et sortir du domaine exclusif de la mode pour appréhender la création dans son ensemble en développant des secteurs pas ou peu explorés. C'est ainsi que nous avons conçu un département « Décoration intérieure » avec un premier *Cahier de tendances* pour les fabricants de meubles (design, matières…).

L'intérêt croissant pour ce secteur débouchera plus tard sur la création du salon « Maison & Objet » au sein duquel l'Agence animera des conférences et des forums de « tendances ». Nous y reviendrons. Rapidement, nous avons également créé un département « Beauté » dédié au maquillage, aux cosmétiques et aux parfums. À l'époque, cela n'allait pas de soi, et créer avec L'Oréal la première gamme saisonnière de maquillage fut une révolution. Enfin, nous avons conçu des *Cahiers de tendances* « Mode masculine » puis de « Mode enfantine ».

Comme je l'avais fait auparavant au CIM, je continue d'organiser, pendant plusieurs années, à raison de deux fois par an, des rencontres entre « bureaux de style » pour confronter nos points de vue et partager nos expériences respectives. Ces échanges sont à nouveau bien accueillis par mes confrères qui acceptent de jouer le jeu. Nos méthodes de travail et nos approches sont différentes, mais, comme par magie, nous découvrons des points communs dans nos prévisions. C'est ce que j'appelle l'« inconscient collectif ». Ces réunions nous apportent beaucoup d'informations et, en retour, nous en communiquons aussi. Elles aident à confirmer ou infirmer des tendances à venir que nous avons pressenties. Tout le monde est gagnant.

Avec la création de l'Agence, me voilà dans la cour des grands. Les amarres sont rompues et, désormais, je ne peux compter que sur moi-même et mes collaborateurs. Depuis mon stage chez Prisunic, que de chemin parcouru ! Je suis là où je voulais être, au cœur de ce monde qui me fascine toujours un peu plus. Désormais, ma vie sera vouée à humer l'« air du temps » et à traquer les tendances.

DEUXIÈME PARTIE

Un métier

6

HISTOIRES DE TENDANCES...

Contrairement à ce que l'on pourrait croire, la mode n'est pas superficielle, futile, elle est intrinsèquement liée à la personnalité de chacun. Quand on s'habille le matin, on ne fait pas que couvrir son corps, on réfléchit à l'image que l'on se donne et à celle que l'on veut donner aux autres. Nos choix sont rarement innocents. Ils sont le reflet de nos personnalités et, à la manière des animaux, sont des signes de reconnaissance et de communication. La mode est un langage pour qui sait le recevoir.

Avant d'aller plus en profondeur dans les arcanes du métier, il convient de replacer la mode et les « tendances » dans une perspective historique. Car, contrairement à ce que l'on pense souvent, les « tendances » ne datent pas d'hier, même si le mot n'avait pas la même signification qu'aujourd'hui... Elles sont fort logiquement apparues avec la mode, même s'il est très difficile de dater leur création précisément. Certains historiens évoquent l'époque de l'Empire romain, d'autres les XIIIᵉ et XIVᵉ siècles, ou encore la

Renaissance. Nous nous garderons bien d'entrer dans ce vaste débat. Pendant des siècles, la mode et donc les tendances ont principalement concerné l'élite politique, économique et religieuse. Le vêtement avait alors deux fonctions : montrer son statut social et exprimer extérieurement l'« image de soi ». Ce n'est que très récemment que les tendances se sont répandues dans toutes les couches de la population.

*

Pendant des siècles, la mode a été une affaire d'aristocrates. À la cour des rois de France, c'était le souverain qui faisait (et défaisait) les tendances. À Versailles, par exemple, il suffisait que Louis XIV apparaisse dans une nouvelle tenue d'une couleur inédite pour que le reste de la Cour l'imite. Et, en cascade, après la cour de Versailles, c'étaient les cours des provinces qui suivaient le mouvement, elles-mêmes copiées par la grande bourgeoisie. Mais les tendances ne se limitaient pas à la France seulement : Versailles était l'arbitre des élégances, toutes les cours souveraines d'Europe se mettaient au diapason de la capitale française.

C'est entre le milieu du XIXe siècle et le début du XXe siècle que les choses commencent à bouger, avec l'apparition des premiers commerces modernes, notamment les grands magasins comme Le Bon Marché, les Galeries Lafayette, le Printemps, le Bazar de l'Hôtel de Ville et la Samaritaine, pour ne citer que les principaux. Au sein de ces nouveaux « temples de la consommation », la clientèle pouvait découvrir en un même lieu toute une gamme de vêtements produits par les premières usines qui fabriquaient ce que l'on appelait à l'époque de la « confection ». C'étaient des répliques de vêtements portés par l'élite, mais à un prix beaucoup plus accessible. Ancêtres du « prêt-à-porter », ces vêtements n'étaient pas toujours adaptés aux morphologies (on taillait alors « petit », « moyen » ou « grand ») et il n'était pas rare de devoir faire retoucher ses achats par une couturière. À la fin du XIXe siècle, l'important était d'« habiller les femmes », de « faire chic », sans trop se soucier de la justesse des proportions, ni du confort de celle qui portait le vêtement. Privilèges réservés à la Haute Couture.

Ces questions de mode et de style ne concernaient que les populations vivant dans les grands centres urbains. Pour l'écrasante majorité des Français, les vêtements du quotidien étaient fort simples et, surtout, fonctionnels et résistants à l'usure. Tout au plus avait-on un « habit du dimanche », un peu plus recherché, que l'on mettait pour aller à la messe et, dans certaines provinces, une tenue « traditionnelle » que l'on portait les jours de fête. Pour s'habiller, la plupart des femmes achetaient du tissu et faisaient réaliser leurs vêtements par une couturière, selon les modèles qu'elles désiraient, soit en suivant les patrons disponibles à la vente, soit ceux publiés dans les magazines de mode – comme dans *Vogue France*[1] –, ou encore

---

1. Publié en 1892 à New York et le 15 juin 1920 en France.

en copiant une robe inspirée de celle vue au théâtre, au music-hall, voire au cinéma, et portée par telle ou telle « star »... Cette façon de s'habiller perdurera jusqu'au début des années 1960. Après la Seconde Guerre mondiale, la confection industrielle de vêtements représentait à peine un quart du marché de l'habillement. Le reste était « fait maison » ou commandé à des couturières.

*

Néanmoins, le mouvement est lancé. À la fin du XIXᵉ siècle, les grands magasins imposent deux saisons de « nouveautés », printemps/été et automne/hiver, et les collections évoluent en fonction des « tendances » adoptées par l'élite, avec quelques mois de décalage. Le développement des succursales en province des grands magasins, l'apparition des catalogues de vente par correspondance, comme ceux de La Redoute (1928) et des 3 Suisses (1932), permettent de toucher un public plus large et de faire entrer la mode dans de nombreux foyers. En province, à cette même époque, beaucoup d'usines fabriquent des vêtements de travail et des tabliers (quasiment toutes les femmes des campagnes portaient des robes-tabliers pour les tâches du quotidien), sans oublier les blouses des enfants, qui étaient obligatoires à l'école. Techniquement, ces vêtements évoluaient très peu et n'étaient pas franchement glamours. Mais, grâce à eux, les industriels avaient mis au point des fabrications standardisées qui serviront plus tard.

*

En France, au sortir de la Seconde Guerre mondiale, l'industrie de la mode était assez disparate, dans sa manière de faire les vêtements et de les vendre. Au sommet de la pyramide, on trouvait l'aristocratie du métier : les grands couturiers – notamment Balenciaga, Christian Dior, Pierre Balmain et Jacques Fath –, qui habillaient une clientèle fortunée. Puis venaient les grandes chaînes américaines dont les représentants « achetaient », sous forme de licences, les droits de reproduction des modèles qu'ils sélectionnaient pendant et après les défilés (il y avait une dizaine de défilés par maison), faisaient fabriquer et vendaient ensuite dans leurs grands magasins. La cliente française qui suivait la mode, quant à elle, nous l'avons vu, chargeait une couturière de reproduire la tenue qu'elle souhaitait d'après un patron, une photographie de magazine ou un modèle vu lors d'un défilé dans les salons d'un couturier, mais de façon plus simple et plus accessible techniquement.

Plus bas dans la pyramide, il y avait la « confection ». Des industriels du vêtement, souvent installés en régions, répliquaient des robes présentées dans les défilés de Haute Couture et les vendaient dans les grands magasins et les boutiques de mode. Ils suivaient la « tendance » (même si ce mot n'existait pas à l'époque) avec un an de décalage par rapport à la Haute Couture.

Encore une gamme en dessous, nous retrouvons les vêtements de travail déjà évoqués. Qui évoluaient très peu, mais qui avaient l'avantage d'être intemporels et solides. Parmi eux, le blue-jean, promis à un bel avenir... On l'oublie souvent, mais ce basique de nos vestiaires contemporains a des origines européennes. À la base, c'était une toile très résistante, originaire de Nîmes (*denim* en américain...), teintée en « bleu de Gênes » (*blue-jean...*), avec laquelle on faisait des toiles de tente très prisées des chercheurs d'or en Californie dans les années 1849-1860. C'est Levi Strauss (1829-1902), importateur de tissus à San Francisco, qui aura l'idée d'utiliser cette toile pour en faire des pantalons et des salopettes résistants aux dures conditions de vie des mineurs, des chercheurs d'or, des cow-boys, puis des familles de colons qui peuplaient le pays.

Enfin, tout en bas de la pyramide se trouvait le Sentier. Situé en plein cœur de Paris, il couvrait une grande partie du IIe arrondissement et s'étendait jusqu'au IIIe arrondissement en colonisant une partie du Marais. C'était le « quartier de la confection », et le travail des fabricants consistait à reproduire ce qui marchait et à le proposer aux détaillants sans trop s'encombrer d'autorisations ni de la propriété intellectuelle... La grande force du Sentier résidait dans son écosystème complètement intégré. Dans un périmètre assez compact étaient installés, dans des appartements (les loyers du Sentier et du Marais étaient les plus faibles de Paris), des « fabricants en étage », c'est-à-dire une abondante main-d'œuvre qui travaillait dur, pour un petit salaire, en piquant des vêtements jour et nuit sur des machines à coudre, sous la férule d'un « chef d'atelier ». Étaient aussi établis de nombreuses boutiques d'accessoires (boutons, galons, etc.), des grossistes en vêtements ainsi que des grossistes en tissu. Concrètement, dès qu'un vêtement se vendait bien, les détaillants passaient commande des pièces aux grossistes du Sentier, qu'ils répercutaient dans les différents ateliers, qui eux-mêmes se fournissaient auprès des grossistes en tissu et en accessoires. Rapides et réactifs, ils pouvaient répondre à n'importe quelle demande en un temps et à un prix défiant toute concurrence.

*

La révolution du textile débutera juste après la fin de la guerre, en novembre 1945, avec la création du magazine *Elle*, qui popularisera la mode auprès des femmes libérées et qui travaillent. Cela peut paraître anecdotique à certains, mais la France sortait de quatre longues années de malheurs et de privations en tous genres. Les femmes aspiraient à mieux vivre et, surtout, à mieux s'habiller. Elles avaient été obligées de repriser leurs vêtements et, faute de tissu, de porter des couleurs tout aussi sombres que les années qu'elles venaient de traverser. Le magazine

Elle apportait une fraîcheur créatrice inédite, avec ses dessins et ses photographies modernes. Une nouvelle génération de journalistes émergeait, principalement des femmes, qui firent beaucoup pour valoriser l'image de la mode. Parmi elles, on peut citer Hélène Lazareff, la pionnière, mais aussi Janie Samet, Claude Berthod, Claude Brouet, Ginette Sainderichin, Hélène de Turckheim et tant d'autres, ainsi que Pierre-Yves Guillen, l'exception masculine ! Aujourd'hui, tous les grands titres de presse, qu'il s'agisse de la presse nationale ou des magazines hebdomadaires, accueillent des rubriques « mode » dans leurs colonnes, souvent tenues par des « plumes » talentueuses qui rendent compte de l'actualité de la profession auprès d'un très large public.

L'autre grande révolution aura lieu en 1948, soit quelques années plus tard. Dans le cadre du plan Marshall, Albert Lempereur, à l'époque président de la Fédération des industries du vêtement féminin, organise une visite des usines de confection américaines, accompagné par des industriels et des journalistes français. Sur place, ils découvrent la puissance des usines et apprennent, stupéfaits, que 90 % des Américains s'habillent en vêtements *ready to wear*, le « prêt à être porté », qu'Albert Lempereur traduira littéralement par « prêt-à-porter ». La délégation française découvre également qu'il existe des liens étroits et soutenus entre les industriels, les grands magasins comme Macy's, Saks, Neiman Marcus et la Haute

Couture française, les premiers achetant les licences de reproduction des patrons à la dernière.

À la suite de ce voyage aux États-Unis, les industriels français comprennent qu'il existe des débouchés commerciaux potentiellement importants et que la standardisation permet de rendre les vêtements financièrement accessibles au plus grand nombre. De retour en France, Lempereur importe les méthodes de production américaines et favorise les premières structures de coordination, réunissant tisseurs et détaillants, au sein de certains ministères, notamment celui de l'Industrie, qui encourageait ces concertations. C'est ainsi que va naître le Comité de coordination des industries de la mode (CIM), dont je deviendrai la directrice en 1975 et qui était chargé de rassembler les industriels de la filière et de les aider à collaborer.

*

Inspirés par *Vogue France, Elle, Marie Claire* et pour répondre aux nouveaux besoins des consommateurs, les fabricants de province ont commencé à faire un peu de mode, à créer des modèles, et ont recruté des stylistes indépendantes pour coller à l'« air du temps », et si possible l'anticiper. Il n'y avait pas d'école de styles et les stylistes se formaient « sur le tas » avec l'expérience... Leurs premiers pas n'étaient pas toujours faciles non plus, car elles (c'étaient des femmes pour la plupart) bousculaient des habitudes solidement établies. Elles étaient jeunes et venaient de Paris… autant dire des « bêtes curieuses » pour les ouvriers et les ouvrières des usines ! Avant l'arrivée des stylistes dans les ateliers, la « tendance » était l'affaire de la femme du directeur qui décidait de ce qui allait être produit ou pas en fonction de ses goûts personnels… Les modélistes n'avaient plus qu'à appliquer les consignes. C'est peu dire que ces stylistes parisiennes étaient accueillies avec circonspection par certains, qui supportaient difficilement de voir ces jeunes marcher sur leurs plates-bandes… Au quotidien, les résistances étaient nombreuses. L'innovation bouscule les habitudes. Finalement, et assez paradoxalement, ce sont les industriels italiens – beaucoup plus ouverts à la nouveauté – qui ont accueilli à bras ouverts les propositions des stylistes français et qui débloqueront la situation. Pour ne pas voir partir tous leurs clients en Italie, les industriels français ont dû se résoudre à s'adapter à cette nouvelle donne, accepter les propositions des stylistes et créer de nouveaux modèles, et ce qui était impossible à faire la veille l'est miraculeusement devenu le lendemain…

*

Les choses se mettent à bouger au sein de la profession à partir des années 1950. Le CIM commence à organiser des réunions de stylistes au cours desquelles ces dernières partagent leurs expériences et échangent des informations sur leurs travaux en cours.

Ce sont les balbutiements de ce que l'on appellera les « tendances ». À cette époque, les conseils sur les « tendances » étaient essentiellement un outil destiné à aider les industriels à préparer leurs collections avec deux années d'avance. Le mot avait une connotation prospective très forte, il n'était pas question d'immédiateté comme aujourd'hui.

En parallèle aux actions du CIM, Arlette Lemoine (la mère de l'acteur Jean-Claude Pascal) a eu l'idée de fédérer les « stylistes » (administrativement parlant, la profession n'existait pas) et de créer un syndicat (le seul qui n'ait jamais existé) pour « peser » au sein de la profession.

Les années 1960 verront également la standardisation des tailles d'habillement en France. Techniquement, c'est l'armée américaine qui, pendant la Première Guerre mondiale, a mis au point la normalisation des tailles, afin de pouvoir produire rapidement ses uniformes. En France, jusque-là, chaque marque avait ses propres mesures. Un « 38 » dans une griffe pouvait faire un « 42 » dans une autre, et inversement (il valait mieux essayer les vêtements...). À la fin de la décennie, sous l'impulsion de la Fédération française de prêt-à-porter, les tailles ont été uniformisées, telles que nous les connaissons aujourd'hui.

*

Des années 1960 au début des années 1980 vont apparaître les premiers « bureaux de style » indépendants en France. En 1966, Françoise Vincent crée Promostyl, le premier du genre. En 1968, Denise Fayolle (encore elle !), directrice du style chez Prisunic, et sa compagne Maïmé Arnodin fondent l'agence Mafia (acronyme de Maïmé Arnodin Fayolle International Associés) qui fera travailler des talents aujourd'hui reconnus comme Topor, Sarah Moon, Helmut Newton, Andrée Putman... D'autres « bureaux de style » suivront, comme Dominique Peclers, qui quitte le Printemps en 1970 pour fonder l'agence Peclers. Au fur et à mesure, ils vont se structurer et élaborer des méthodes qui permettent de mieux anticiper les tendances.

Ce n'est d'ailleurs pas un hasard si les pionnières de la tendance ont fait leurs armes au sein des grands magasins. Leurs « acheteurs » ont toujours eu l'habitude de travailler leurs collections, leurs vitrines, leurs concepts avec un an d'avance. À peine les fêtes de Noël sont-elles terminées qu'ils commencent à prospecter pour le Noël suivant. Et ainsi de suite. Ce n'est pas non plus un hasard si ces premiers « bureaux de style » ont été créés par des femmes qui étaient des entrepreneuses dans l'âme. Une rareté à cette époque où l'économie était largement dominée par les hommes. Dans les grands magasins, les « responsables des achats » travaillaient au plus près des clients – *clientes*, devrais-je dire, la clientèle des grands magasins était aux trois quarts composée de femmes, mais cela évolue aussi – et pouvaient capter directement et rapidement leurs besoins.

La création des « bureaux de style » coïncide également avec les mutations de la profession. Dans les années 1960-1970, dans le textile, on passe de l'artisanat à une industrie qui se structure. Dès lors, dans cette époque de transition et de transformation, l'apport des « bureaux de style » devient stratégique. Au début, ils se consacraient principalement à la publication de *Cahiers de tendances* « papier », avant que les activités de conseil ne deviennent prépondérantes depuis une vingtaine d'années.

Très vite, Denise Fayolle et Maïmé Arnodin bousculent le monde de la mode en partageant leur univers de couleurs vives et de formes originales. À la demande du fabricant Indreco, elles « relookent » profondément le sempiternel tablier de nos campagnes. Pour l'époque, c'est un vrai choc… La coupe est retravaillée, plus confortable et plus moderne. De nouvelles matières sont utilisées, plus élégantes, plus contemporaines. Mais, surtout, c'est une débauche de couleurs… *Exit* le noir et le gris, bienvenue à l'orange, au jaune, au rouge, au vert, au violet… Et, comble de la modernité, le boutonnage est remplacé par une très élégante fermeture à glissière… Cette rébarbative tenue de travail, rebaptisée « Le Shift », était transformée en élégante robe d'été… Indreco n'a pas regretté d'avoir fait appel à l'agence Mafia car le succès commercial fut immédiat et, consécration suprême, « Le Shift » a même eu droit à figurer au catalogue des 3 Suisses qui tirait à plus de trois millions d'exemplaires. Grâce à la vente par correspondance, la modernité entrait dans tous les foyers français.

*

Si vous étiez une jeune femme « branchée » dans les années 1960 et que vous recherchiez des vêtements à la mode, originaux, confortables et bien coupés, il n'y avait que quatre boutiques dans Paris pour vous satisfaire : Dorothée Bis, rue de Sèvres (VIe arrondissement), fondée par Élie et Jacqueline Jacobson ; Vogue, rue Tronchet (VIIIe), qui importait des vêtements américains ; Laura, avenue du Général-Leclerc (XIVe) ; et Cacharel, marque très créative qui proposait des chemises multicolores en crépon. Et c'était à peu près tout. La particularité de Laura était que la femme du dirigeant s'appelait Sonia Rykiel et que, pour la boutique de son mari, elle avait commencé à confectionner ses premières créations exclusives très inspirées des années 1930 qui connurent un succès immédiat. C'est Sonia Rykiel qui a redonné ses lettres de noblesse à la maille (matière extensible) ainsi qu'au pull-over en retravaillant les proportions et en y apportant de la couleur et de la fantaisie. Elle fera également sensation avec ses jupes courtes et ses collants en maille. Grâce à des créateurs comme Sonia Rykiel, la mode va évoluer vers plus de confort, tendance qui s'amplifiera avec l'invention du Lycra à la fin des années 1960, nouvelle matière promise à un bel avenir dans le prêt-à-porter et dans les vêtements de sport. C'est aussi à cette époque

que le *casual* américain commence à apparaître en France. Inexorablement, la notion de confort s'impose dans le vestiaire des Français.

*

Les années 1970 seront formidables pour la mode. Les grandes maisons qui, jusque-là, méprisaient le prêt-à-porter lancent avec succès leurs luxueuses déclinaisons adaptées de leurs modèles Haute Couture, à l'instar de Saint Laurent Rive Gauche. La créativité n'est pas en reste, de nombreuses stylistes faisaient le voyage à Londres deux fois par an pour s'inspirer du *Swinging London* qui bouillonnait d'ingéniosité. Twiggy Lawson était la mannequin la plus célèbre de la ville avec son allure androgyne. On faisait du shopping dans Carnaby Street, la rue la plus branchée de Londres, et on allait trouver l'inspiration dans le magasin BIBA, l'un des premiers *concept stores* de la mode. Le mélange des vêtements années 1920, « Arts déco », jusqu'aux années 1970 donnait des idées aux stylistes. Autre « passage obligé » dans la capitale anglaise : le magasin Liberty, qui existe toujours. Aujourd'hui comme hier, Liberty vend ses imprimés sur coton fleuris, typiquement anglais, la gamme s'est étendue aux vêtements et au *lifestyle*, pourvu qu'ils soient fleuris… Depuis peu et pour la première fois, leurs collections se diversifient en développant des microgéométriques.

À la même époque, les Japonais débarquent en France et font sensation, notamment un jeune styliste du nom de Kenzō Takada, « le plus parisien des couturiers japonais », qui vendait ses premières créations dans une minuscule boutique de la galerie Vivienne et qui inspirait beaucoup de stylistes. Suivront, au début des années 1980, Yohji Yamamoto, Issey Miyake et Rei Kawakubo, avec sa marque Comme des garçons[1] – dont le premier défilé, dans la Cour carrée du Louvre, ne sera pas sans causer quelques émois dans le monde de la mode... C'était une collection dont le thème central était inspiré par la bombe atomique ! Dans une ascèse post-apocalyptique, tout en noir, on pouvait y voir des vêtements déconstruits présentant des superpositions, des coupes asymétriques, des excroissances... Le tout porté par des mannequins maquillés au charbon... Ce fut un choc incroyable ! Chacun de ces créateurs a beaucoup apporté à la mode. Yamamoto a continué d'imposer sa poésie, Rei Kawakubo son intellectualisme et Miyake ses recherches techniques, *via* des lignes fondamentalement novatrices. Ce qui me touche dans cette école,

---

1. Les Français qui ont visité le Japon ont certainement remarqué que de nombreuses boutiques portent des noms écrits dans la langue de Molière – le comble du chic au pays du Soleil levant –, mais ils sont plus choisis pour leur phonétique que pour leur sens. C'est ainsi qu'il n'est pas rare de voir à Tokyo des enseignes répondant aux doux noms de Robe de chambre ou Framboisine alors que les produits présentés ou les services offerts en sont très éloignés. La marque Comme des garçons, qui propose des coupes androgynes, aurait été baptisée ainsi en 1969 par Rei Kawakubo en l'honneur de la chanson de Françoise Hardy *Tous les garçons et les filles* (1962).

c'est la recherche incessante de la perfection, très en osmose avec la mentalité des Japonais. Leur philosophie est d'atteindre chaque fois une étape supérieure, de s'améliorer constamment et inlassablement. C'est ce qui la rend si unique.

C'est également à cette époque que la marque Suzuya (disparue depuis) s'implante en France, et dont le styliste était Serge Ulliel, le père de l'acteur Gaspard Ulliel. Suzuya a inventé les défilés de mode spectaculaires, avec des effets de lumière, de la musique, et en invitant beaucoup de monde, à commencer par des célébrités. Jusqu'alors, les défilés se déroulaient dans les salons des grands couturiers, dans une ambiance un peu compassée, en présence d'éventuels acheteurs... Les grandes maisons de la place parisienne reprendront l'idée de Suzuya en créant des *shows* chaque fois plus impressionnants. Ce sont également Serge Ulliel et Élie Jacobson (Dorothée Bis) qui auront l'idée de développer une ligne inspirée par le sport, qui prendra son essor sous la marque Dorotennis, la pionnière du genre. Pendant des années, Serge Ulliel a été un de mes consultants au CIM.

*

Si les années 1960-1970 ont été des années fastes pour la mode, les années 1980-1990 seront des années de contraste. À partir des années 1980, le paradigme commence à changer. Jusqu'à présent, c'était une certaine élite politique ou artistique qui faisait la tendance et le grand public suivait. Même si cela reste encore pertinent, ce n'est plus une vérité absolue. À partir des années 1980-1990, la tendance se fait de plus en plus « dans la rue » et plus uniquement à Paris mais aussi dans les banlieues. Les jeunes « récupéraient » la mode et la réinterprétaient à leur façon. Ce qui donna naissance au *streetwear* (« mode de la rue ») qui, à son tour, sera récupéré par les griffes de luxe, qui, à leur tour, réinterpréteront les « codes » de la rue, et ainsi de suite. D'un schéma « classique » du haut vers le bas, on aboutit à une diffusion plus complexe qui va à la fois de haut en bas, mais aussi de bas en haut.

Dans les années 1980, le consommateur n'est plus disposé à subir le « diktat » de la tendance. Ses besoins se diversifient, ses attentes changent et ses pratiques commerciales se fragmentent. On parle davantage de « look », de cette allure que chacun se compose, non plus en fonction de sa classe sociale, mais plutôt selon ce qu'il souhaite exprimer. La mode devient un langage grâce auquel tout le monde peut se définir.

La perception du corps change, le *casual* et le *sportswear* vont de plus en plus s'imposer au quotidien et, pour le premier, se porter au sein même de l'entreprise. À la fin des années 1990, l'émergence de la *fast fashion* et de ses arrivages incessants va profondément bouleverser le monde de la mode. Les bureaux de style doivent évoluer, s'adapter et affiner leurs analyses afin d'accompagner les professionnels

vers ces nouvelles pratiques. Il n'y a plus « une » tendance, mais « des » tendances.

*

Jusqu'aux années 1990, il existait en France une
industrie textile importante et florissante qui employait
des milliers d'ouvriers. Chaque région avait sa spé-
cialité. Pour le coton, c'était l'Alsace ; pour la laine
peignée, c'était le Nord ; pour la laine cardée, c'était le
Sud-Ouest ; pour la soie, c'était Lyon. Les entreprises
ont elles aussi embauché des stylistes pour mieux
vendre leurs productions et anticiper les tendances à
venir.

Malheureusement, quasiment toute cette industrie a
disparu dans les années 1990-2000, victime des délocalisations, d'abord vers le Maghreb, ensuite en Europe
de l'Est après la chute du mur de Berlin, puis en Asie
avec l'ouverture du marché européen aux importations
chinoises. Ce sont des connaissances, des machines
et tout un savoir-faire qui se sont évanouis en moins
de deux décennies. Si la conjoncture économique y
a grandement contribué, il faut bien reconnaître que
les industriels ont participé à leur propre fin en sciant
la branche sur laquelle ils étaient assis. Plutôt que de
se remettre en question et de chercher de nouvelles
façons de travailler, de monter en gamme, voire de
trouver de nouveaux débouchés pour leurs produits,
beaucoup ont préféré négocier des prix très bas avec
les centrales d'achat pour obtenir le marché et, une fois

le marché obtenu, faire travailler des usines implantées à l'étranger en prenant une marge confortable au passage. Finalement, les centrales d'achat se sont rendu compte qu'elles pouvaient obtenir des prix encore plus avantageux en s'adressant directement aux industriels étrangers, signant ainsi la fin de l'industrie textile en France. Ceux qui ont résisté ont fait à cette époque le pari du luxe et de l'excellence. Aujourd'hui, sous l'impulsion et le dynamisme de Guillaume Gibault, fondateur du Slip Français, que je soutiens depuis ses débuts, le « made in France » revient en force. On parle de plus en plus de « relocalisation » et de retrouver ce savoir-faire technique. On ne peut que s'en réjouir, et espérer que cela redeviendra une tendance pérenne.

*

Dans le sillage de la mondialisation et d'une production largement délocalisée en Asie, on a également assisté à une certaine « standardisation » des goûts et des couleurs. En parallèle, la qualité des matières s'est profondément dégradée. Aujourd'hui, quand on se promène dans une galerie marchande, on ne peut qu'être frappé par le manque d'identité des collections – similaires d'une chaîne de magasins à l'autre et, qui plus est, s'adressant au même public. Cela explique l'effondrement dramatique du « milieu de gamme » des marques de vêtements en France. Aujourd'hui, le marché se polarise entre les vêtements à prix accessibles, dont on aura toujours besoin pour s'habiller, et les vêtements de créateurs ou les vêtements de luxe, qui incarnent culture et qualité, et permettent de se singulariser. C'est le grand paradoxe de notre époque, seuls les extrêmes tirent leur épingle du jeu.

7

QU'EST-CE QUE LES TENDANCES ?

« En quoi consiste votre métier ? » est une question que l'on me pose souvent. Et je dois bien reconnaître que ce n'est pas toujours facile à expliquer… du moins en quelques mots. Le métier garde une part de mystère et d'inexplicable. Pour ne pas arranger les choses, le mot est largement utilisé aujourd'hui, sans trop savoir ce qu'il signifie. Dans la presse, à la télévision, dans les livres, tout est « tendance » !

Concrètement, la tendance, ou plutôt *les* tendances, c'est essayer de capter l'« air du temps », de saisir les signes avant-coureurs du changement. C'est aller à la pêche aux petites choses en apparence insignifiantes ; essayer de repérer les « signaux faibles », les éléments perturbateurs ou dissonants, les choses qui surprennent et qui étonnent. Par bien des aspects, notre métier tient à la fois de l'archéologie et de l'enquête policière. Quand, par exemple, un archéologue met au jour en Égypte ou en Grèce le fragment d'une statue, il utilise son imagination et ses connaissances techniques et professionnelles pour reconstituer le reste de l'œuvre et extrapoler sur son rôle et sa fonction. Pour les tendances, c'est exactement pareil. À partir d'un indice, on essaie de (re)construire un scénario en tentant de décrypter le comportement et le « pourquoi ».

Chez nous, la « tendance » est plus proche du sens anglo-saxon du mot *forecast* ou *forecasting*, qui peut se traduire par « prévision » avec, en ce qui concerne la France, une forte connotation artistique. Les Anglo-Saxons utilisent le mot *trends* pour la « tendance », qui a une signification différente chez nous. Dans le monde anglo-saxon en général, et aux États-Unis en particulier, la dimension commerciale est prédominante, ce qui n'a rien de péjoratif. Pour les Américains, un produit *tendance*, c'est un produit qui marche bien, commercialement parlant.

*

Les tendances consistent en un subtil mélange d'observation, de curiosité et d'analyse. Cette partie analytique est indispensable. Il faut se mettre dans la peau des futurs consommateurs et voir si le phénomène que l'on pressent sera anecdotique ou, *a contrario*, comme je l'ai appris de Denise Fayolle, s'inscrira dans la durée et une certaine globalité. Ensuite, il faut essayer de comprendre s'il changera les comportements des consommateurs, leur rapport au corps, etc.

Afin de compliquer les choses, les tendances ne sont pas uniformes… Il y a les « tendances lourdes » (ce que, dans le métier, on appelle les *mega trends*) qui vont s'étaler sur plusieurs années et transformer profondément notre façon de vivre ainsi que notre perception des choses. À titre indicatif, et non exhaustif, on peut évoquer le *no gender*, le « non-genrage » des vêtements qui prend de plus en plus d'importance dans les collections et qui va probablement être une « tendance lourde » des années à venir. Ensuite, plus difficiles à prévoir, il y a les « microtendances », qui restent des épiphénomènes n'intéressant qu'une certaine partie de la population. Elles sont souvent liées à un événement culturel (film, série télévisée, groupe de musique) qui popularise un phénomène qui va connaître une ascension aussi fulgurante qu'éphémère.

De même, les tendances n'ont pas partout le même rythme. Dans la mode, les tendances se renouvellent deux fois par an, voire plus. Dans le mobilier et la décoration (ce que l'on appelle le *lifestyle*), les tendances s'étalent sur une temporalité plus importante, de deux, voire trois années.

Enfin, il faut être conscient que les tendances engendrent toujours leur propre réaction. Concrètement, quand une « tendance lourde » tend à s'imposer, on assiste, en contrepoint, à l'émergence de son contraire. Par exemple, le non-genrage des vêtements, « tendance lourde » déjà évoquée précédemment, ne va pas convenir à tout le monde. Et, donc, des oppositions vont apparaître un peu partout en réaction. Cela n'empêchera pas cette tendance d'exister mais, à côté d'elle, des marques vont exacerber la « masculinité » ou la « féminité » (et parfois jusqu'à l'extrême) dans leurs collections. *Idem* pour l'écologie, « tendance lourde » qui n'a pas contrarié le succès des polluants SUV (*Sport Utility Vehicle*)… De nombreux domaines peuvent être des sujets tendance et générer leurs réactions : le travail manuel contre l'industriel ; les nantis contre les pauvres ; les « no-logo » contre les « bling-bling » ; l'Orient contre l'Occident ; l'écoresponsable contre le pollueur ; les villes contre les campagnes ; le long terme contre le court terme, etc. Dans les tendances, le « juste milieu » et la nuance n'existent pas toujours. Elles se juxtaposent, percent et disparaissent par vagues qui s'entrechoquent.

*

Les tendances sont lancées par des groupes d'avant-garde, à la manière des dandys d'autrefois, ou par ceux qui souhaitent marquer leur différence par rapport aux autres. À l'origine, ils créent un épiphénomène extrêmement limité, géographiquement ou en termes d'individus, mais qui va peut-être prendre de l'ampleur. Notre travail consiste à repérer ce microévénement et à l'analyser. Mais ce n'est pas parce que l'on est original et que l'on cherche à se démarquer que l'on est au « top » des tendances. Au quotidien, on a tous des petits « snobismes », mais cela ne fait pas une tendance. Comme le résume si bien Vincent Grégoire, notre directeur *consumer trends & insights* à l'agence NellyRodi, avec cette belle métaphore jardinière, les tendances, c'est tout un écosystème : « Les tendances, c'est une petite graine. Mais pour que la petite graine pousse, il lui faut de la terre, de l'eau et la bonne température. Vous pouvez avoir la meilleure idée, si rien ne suit derrière, si rien ne favorise son éclosion, elle disparaît. »

Un exemple que je cite souvent est la fameuse « déchirure aux genoux » du jean. À l'origine, dans les années 1980, c'était l'affaire d'un groupe qui souhaitait se démarquer en adoptant une posture (la déchirure aux genoux) et en détournant un symbole vestimentaire fort (le jean). Les premiers à l'avoir arborée ne voulaient pas se fondre dans la masse et la déchirure était donc un « élément perturbateur » d'une norme établie. Le phénomène aurait pu rester anecdotique et disparaître aussi vite qu'il était apparu, or, il s'est imposé un peu partout et est devenu une « tendance lourde » dans l'habillement, notamment auprès des jeunes. Il suffit de sortir dans la rue pour s'en rendre compte.

Cela étant, il faut se poser les bonnes questions : pourquoi cette entaille a-t-elle plu ? Pourquoi le genou et pas la cuisse ou le mollet ? Pourquoi une fente latérale et non pas longitudinale ? En fait, en déchirant son jean aux genoux, celui qui le porte montre une volonté d'attirer le regard, mais aussi de « choquer ». Il s'oppose au « sportswear propre » qui était la norme de l'époque. Fondamentalement, c'était une provocation des plus jeunes envers les anciens. Mais les personnes extérieures au groupe initial ont trouvé ça *cool* et le « genou déchiré » s'est développé dans diverses couches de la population. Le genou en tant que tel n'y était peut-être pas pour rien dans ce succès car cette articulation a une charge érotique très forte dans notre imaginaire commun. Il suffit de regarder les innombrables débats et émissions télévisés sur la longueur des jupes des femmes qui devait montrer ou au contraire masquer les genoux pour le réaliser... Dans les années 1960, pour une femme, montrer ses genoux était inconcevable, sauf à s'exposer aux regards ou aux commentaires réprobateurs. En les révélant ainsi à travers les jeans déchirés, les femmes (mais aussi les hommes) se réapproprient les symboles et les combats d'autrefois, mais d'une autre façon. Si le groupe initial avait choisi de déchirer le pantalon au niveau du mollet ou du derrière de la cuisse, le phénomène n'aurait peut-être pas perduré. C'est donc une conjonction d'éléments à la fois historiques, esthétiques, vestimentaires, érotiques et sociologiques qui a transformé cette déchirure en tendance.

*

Les tendances, nous l'avons dit, sont une collection d'éléments dissonants, une addition d'étonnements. Ce sont des particules suspendues dans l'air du temps et qui vont s'agglomérer. Ou pas. Parfois, il nous arrive de découvrir que nos intuitions sont partagées. Je me souviens d'une saison où nous avions élaboré nos *Cahiers de tendances* autour d'une thématique forte sur les « madones ». Au moment où nous présentions le résultat de nos recherches, Jean-Paul Gaultier faisait défiler ses modèles ornés de Vierge, tandis que Pierre et Gilles exposaient les photographies de modèles dont certaines adoptaient la physionomie des madones en prière… Il n'y avait eu aucune concertation entre les trois parties, c'était dans l'air du temps, et chacun l'avait « capté » à sa façon… Quelques années plus tard, nous avons sorti un *Cahier de tendances* inspiré de la Bretagne qui était un copié-collé du défilé donné en même temps chez Jean-Paul Gaultier, encore lui ! Une nouvelle fois, l'« inconscient collectif » avait parlé, alors que nous ne nous étions pas consultés. Mais, comme le disait si bien Coco Chanel : « L'important, c'est d'avoir la bonne idée. »

8

QUALITÉS REQUISES...

Il ne suffit pas d'être créatif – ou supposé tel – pour devenir du jour au lendemain un « chasseur de tendances » ou un « futurologue », comme nous surnomment parfois les journalistes. Bien au contraire ! les tendances, c'est un mélange de créativité et de rigueur analytique. Si l'on est trop créatif, les idées partent dans tous les sens et il est impossible d'en tirer quoi que ce soit. À l'inverse, être trop dans l'analyse empêche de voir les « dissonances ». Il faut savoir garder une certaine spontanéité artistique. Comme toute chose, les tendances sont un métier, avec ses règles et ses impératifs. Dans ce chapitre, j'évoque de façon générale les qualités requises pour travailler dans ce monde.

*

La première qualité que doit avoir un chasseur de tendances est de faire abstraction de ses propres goûts – ce qui n'est pas la moindre des difficultés... Dans l'univers des tendances, le « bon » ou le « mauvais » goût n'existent pas. Tout est relatif. Notre travail consiste à examiner ce qui est potentiellement dans l'air du temps avec un regard le plus « neutre » possible. Il ne s'agit pas d'imposer ses goûts aux autres. Il faut avoir un esprit d'analyse et le garder en éveil en permanence, en dépit de nos préférences.

La deuxième qualité requise est la curiosité. Fondamentalement, tout peut être tendance ! Aussi, un chasseur de tendances doit être ouvert sur le monde et à l'affût. Les tendances, c'est une attitude, il faut pouvoir s'intéresser à tous les domaines et repérer l'« élément dissonant », quel que soit le support.

Un chasseur de tendances doit aimer et même rechercher la confrontation. Attention, quand je parle de confrontation, je parle, bien sûr, de confrontation intellectuelle. Le plus grand danger pour un chasseur de tendances est de vivre dans le même écosystème générationnel, social, économique, politique, etc. Il ne faut pas hésiter à aller au-devant d'éléments qui nous sont inconnus ou qui nous semblent étrangers. Il y a toujours à apprendre des pratiques différentes des nôtres. Il ne faut pas hésiter à explorer parfois des endroits incongrus.

*

Le tendanceur, ou la tendanceuse, est un être sociable qui aime le travail en équipe. Travailler seul dans les tendances, c'est impossible. L'être humain est, par essence, fragile. Avec la meilleure volonté, des informations peuvent nous échapper quand on travaille en solitaire, même si les réseaux sociaux ont rendu l'information accessible à tous. L'intérêt d'œuvrer en commun est de voir ce que les autres ont repéré et de décrypter leurs intuitions. Quand on est plusieurs à avoir la même intuition, la même idée, cela veut dire qu'il se passe « quelque chose ». Sinon, on est dans la prophétie autoréalisatrice, ce qui n'est pas tout à fait pareil.

Quand on travaille dans les tendances, c'est tous les jours de l'année, week-end et jours fériés compris. Par beaucoup d'aspects, c'est un sacerdoce, une religion presque, qui nous oblige à être en éveil. En veille permanente.

Enfin, *last but not least*, dans les tendances, il faut toujours se remettre en question. Rien n'est jamais réellement acquis. Jusqu'aux années 1970, c'était la Haute Couture qui donnait les tendances. C'est moins vrai aujourd'hui. Les tendances peuvent venir de la Haute Couture comme de la rue, des villes comme de la province, de Paris comme de Séoul. Elles peuvent venir aussi des réseaux sociaux qui font l'objet d'une surveillance constante. Ce qui nous oblige à travailler à 360°. Tout est en mouvement perpétuel, tout va très vite, et de plus en plus vite. Il faut repartir de zéro, ne jamais croire que tout est acquis, se remettre en cause, et toujours se poser les bonnes questions.

9

SOYEZ CURIEUX !

« Les tendanceurs, ce sont avant tout des professionnels de l'observation » est la phrase qui résume
parfaitement le métier. Former son « œil » à traquer les
signes dissonants devient presque un style de vie pour
qui travaille dans les tendances… Il faut « apprendre à
voir » et à regarder *différemment*. Il faut tout voir, tout
engranger, c'est une nourriture, presque une addiction.
Quelqu'un qui travaille dans les tendances est un peu
un explorateur, il aime découvrir.

Mais pour repérer les tendances, vous pouvez
avoir le meilleur « œil » du monde, si vous n'êtes
pas curieux, cela ne vous servira à rien. Souvent on
dit aux enfants que la curiosité est un vilain défaut,
rien n'est plus faux que cela. Dans les métiers de la
création, la curiosité est un avantage aussi indéniable
qu'indispensable. Bien sûr, il faut savoir de quelle
« curiosité » on parle. Les ragots, les lieux communs,
le quelconque sont à proscrire. Pour moi, la curiosité,
c'est la qualité de quelqu'un qui a le désir de connaître
et de savoir.

Certes, un créatif « pur » peut s'isoler dans son univers, aller jusqu'au bout de son utopie, vivre sa passion, exprimer son art sans s'occuper du monde qui l'entoure et s'enfermer dans son fantasme personnel... C'est la définition de l'artiste ! Mais il peut aussi – et je me reconnais mieux dans ce schéma – s'ouvrir à l'autre, chercher sans cesse les signes d'une société en mutation, en perpétuel mouvement. Dès lors, la curiosité devient une motivation de chaque instant. L'envie de découvrir devient plus forte que tout. La curiosité, c'est aussi accepter ce que l'on découvre sans avoir peur. C'est aussi accepter l'*autre*, et trouver dans l'*autre* ce que l'on croit chercher.

*

La curiosité, c'est chercher les signes de la modernité, les trier, les analyser. Au quotidien, nous avons une sorte de petit radar qui nous alerte. Et TOUT peut être sujet d'intérêt : une recette de cuisine, une étude sociologique, l'architecture d'une maison, les comportements des consommateurs, de nouvelles matières, les expositions, les films, etc. Même les séries télévisées font partie intégrante de nos « veilles tendance » depuis que *Game of Thrones* a bouleversé le genre. Aussi surprenant que cela puisse paraître, on apprend plein de choses en regardant des émissions comme *The Voice*, *La France a un incroyable talent*, etc. Elles permettent de connaître les goûts du grand public et sont aussi des sources d'idées.

Années bonheur à Alger
avec maman.

À l'Institut international du coton.

Notre mariage célébré
par ma mère,
Madame le maire.

Jean-Michel, mon époux.

Chez Pierre Cardin.

Mon invité d'honneur
André Courrèges... et Éli
Jacobson (Dorothée Bis).
On osait faire asseoir
au sol nos invités dans
les années 1970 !

Complicité...

Aïe ! Les cigarettes.
J'ai vite arrêté...

Maïmé Arnodin.

Issey Miyake

Au CIM : Catherine, Bernard, Dany...
Souvenir, souvenir...

Lidewij Edelkoort, quelle créativité !

Jury Esmod avec Jean-Charles
de Castelbajac et Françoise Chassagnac.

Visite de nos locaux avec les premiers collaborateurs de l'Agence.
Élisabeth Leriche, François Bernard...

Mon amie de cœur Clotilde Bacri, directrice artistique chez Daum.

Inès de la Fressange, Andrée Putman.

Ma nuit dans le musée de Naoshima : modèles d'Issey Miyake.

Étienne Cochet... succès de Maison & Objet.

Rires toujours avec Gilles Muller, Clotilde Bacri, Jeanne Gambert de Loche.

L'Équipe de mes débuts japonais : Nori, Atsuko, Nobu et... Pierre-François.

Ma tendre amie Camille Albane.

Fête autour de Dominique Peclers.

Au Japon, Masaya Kuroki (Kitsuné).

Margareta Van den Bosch, chief designer chez H&M.

Annette Goldstein (Esmod) et Chantal Thomass.

Au travail !

Quel bonheur l'équipe actuelle !

Tout doit intéresser, le kitsch comme le classique, l'émotion comme la fonction, la tradition comme la modernité, etc.

La « rue » a pris une importance extraordinaire dans la mode depuis deux décennies et, aujourd'hui, aucun grand groupe ne saurait lui faire la sourde oreille. Bien au contraire ! Observer comment le public porte et s'approprie les vêtements et les accessoires est devenu un impératif dans les synthèses des « bureaux de style ». On raconte souvent qu'Yves Saint Laurent a été le premier à « écouter la rue », ce qui est un peu paradoxal de la part d'un couturier qui a le plus souvent vécu reclus dans son appartement et passé Mai 68 dans son magnifique riad de Marrakech... En revanche, il est exact de dire que c'est lui qui a su parfaitement comprendre les besoins réels des femmes actives de son époque, loin de l'image traditionnelle et oisive des clientes Haute Couture. Mais revenons à la rue... On me demande parfois si c'est la rue qui influence la mode ou le contraire. En réalité, il s'agit de spirales qui s'enclenchent les unes après les autres. Les tendances sont repérées par les « bureaux de style », elles prennent leur amplitude au moment des défilés, sont dès lors réadaptées par les entreprises textiles, puis la rue leur injecte ses propres éléments. Des codes naguère inaccessibles au plus grand nombre sont soudainement descendus dans la rue, laquelle a construit un style qui lui est propre, mélangeant allègrement des marques grand public à d'autres nettement plus haut de gamme.

Il est alors primordial de scruter les allers et retours entre la rue et le luxe, quand des jeunes de banlieue affichent des vêtements griffés Gucci, Lacoste, Dolce & Gabbana ; et, inversement, quand les griffes de luxe réinterprètent les codes du sweat-shirt et du jogging.

*

Il faut bien reconnaître que, quand on travaille dans une agence de style, il n'y a pas beaucoup de séparation entre la vie privée et la vie profession-nelle. Tout est lié. Il m'arrive d'emmener mes petits-enfants dans des fast-foods pendant le week-end et, pendant qu'ils dévorent leurs hamburgers, d'observer la clientèle du restaurant, sa façon de s'habiller, de consommer, de noter les plus petits détails. C'est une manne d'informations. Même quand je discute avec des amis, il m'arrive parfois de poser beaucoup de questions. Aucune malveillance dans tout cela, mais, pendant la conversation, j'ai repéré quelque chose qui m'a interpellée et, l'air de rien, j'essaie d'en savoir plus. Rien n'est totalement innocent... Même la destination de nos vacances peut être sujette à intérêt professionnel...

Mais la curiosité pour la curiosité ne sert à rien. Il faut tisser des liens avec la sculpture, la peinture, le design, la littérature, le cinéma, s'en laisser impré-gner. Il faut lire des livres, des articles de presse, assembler des dossiers thématiques... Lentement, par un processus naturel et complexe, notre cerveau « digère » ce que notre curiosité a engrangé et, presque par magie, émerge une idée, un concept, une œuvre qui épousent l'objectif que nous poursuivions... Alors, il faut se laisser porter et, au bout d'un moment, l'évidence s'impose, on est convaincu que notre intuition est bonne. La tendance est la conjonction de facteurs qui vont finir par s'agglomérer. Ne reste plus qu'à trouver l'aimant qui attirera ces particules disparates.

*

Les tendances ne doivent pas rester dans un milieu restreint, une discussion entre *happy few* au cours d'une soirée mondaine, elles doivent être diffusées au plus grand nombre. L'objectif est de répondre aux attentes et aux interrogations des clients qui cherchent à appréhender les consommateurs de demain pour leur fournir ce qui pourrait les attirer. Nous sommes des « lanceurs d'alerte », certes, mais notre activité ne doit pas être abstraite, elle doit se transformer en performance. Traquer les tendances est un travail et non l'expression de nos goûts personnels.

Si nous avons l'obligation d'être curieux, nous devons aussi éveiller la curiosité de nos clients, et parfois même bousculer leurs convictions. Une anecdote que raconte souvent Vincent Grégoire est éloquente à ce sujet. Vincent avait travaillé pour une grande chaîne de bricolage sur leur « offre maison » et les différentes typologies de consommateurs de la marque. Après avoir fait son exposé aux responsables du secteur, il a osé le rapprochement entre une partie de leur clientèle et l'émissions *Les Anges de la téléréalité*. C'est peu dire que les dirigeants ont été choqués et ont répondu que ce genre d'émissions « ne leur ressemblait pas ». Néanmoins, l'idée fit son chemin et, après avoir regardé quelques épisodes, l'enseigne a décidé de faire fabriquer une gamme d'objets de décoration un peu rigolos, décalés, un tantinet « tape-à-l'œil » certes, mais originaux, dans cet esprit « bling-bling ». Le résultat ne s'est pas fait attendre : 30 % de chiffre d'affaires en plus et l'expérience a été renouvelée… Cette anecdote est révélatrice de notre rôle. *De facto*, par habitude, intentionnellement ou non, l'enseigne ignorait complètement ce genre d'émissions et, surtout, ceux qui les regardaient. Et pourtant, la téléréalité est prescriptrice auprès d'un certain public qui fréquentait aussi cette enseigne. Notre rôle a consisté à l'alerter sur cette réalité du marché, l'interpeller, la choquer, dans le bon sens du terme, et l'accompagner dans la faisabilité. Le public de cette émission a ainsi pu trouver au sein de ces magasins des produits qui l'intéressaient, et le succès a été au rendez-vous. Que cela plaise ou non, *Les Anges de la téléréalité* font aussi partie de la tendance.

10

SORTEZ !

On ne peut capter l'air du temps sans quitter son écosystème personnel. Si l'on veut capter l'air du temps, il n'y a qu'une solution : sortir ! Et cela peut prendre plusieurs formes. Il faut sortir de son tête-à-tête avec l'écran d'ordinateur. Il faut sortir de chez soi pour observer les gens. Il faut sortir en librairie, dans les musées, dans les expositions, dans les salles de spectacles, dans la rue, etc. Il faut surtout sortir de ses petites habitudes et aller à la rencontre de l'improbable.

Notre monde est rempli d'écrans en tous genres. Télévision, ordinateur, tablettes, smartphones... techniquement, c'est formidable, mais ces machines incroyables − et leurs redoutables algorithmes − ne vont vous montrer que ce qui risque de vous intéresser, ou de vous rassurer. Difficile d'anticiper l'avenir avec ça.

Sortir permet à l'esprit critique de se développer et de se remettre en question, surtout vis-à-vis de ces appareils envahissants dont les logiciels sont programmés afin de vous montrer que ce que vous voulez voir.

Les algorithmes, c'est la facilité, le travail prémâché. Les tendances, bien au contraire, c'est aller au-devant de la déstabilisation.

Mais que l'on ne s'y trompe pas ! Je ne suis pas en train de vous tenir un discours rétrograde avec le fameux « C'était mieux avant ». Non ! Les outils informatiques sont formidables parfois, mais ce ne sont que des *outils*. Ce qui est le plus important, c'est l'intelligence qui les pilote. C'est le créatif qui se sert de l'informatique, pas l'inverse.

*

Si l'on veut développer son esprit critique, apprendre à faire la part des choses, affûter son intelligence, il n'y a pas de miracle, il faut se confronter à la réalité. Il faut aller dans les expositions voir les tableaux, les sculptures, et tisser des liens entre les sujets sur lesquels on travaille. Il faut aller au supermarché, observer ce que les gens mettent dans le caddie et étudier leurs modes de consommation. Il faut aller en librairie (ou en bibliothèque) épier les sujets des livres qui les intéressent et, surtout, lire ces livres ! Il faut regarder les émissions de télévision, s'abonner à des chaînes YouTube…

Et, comme pour le reste, il faut faire abstraction de ses goûts et de ses envies personnels. Concrètement, il faut être « tout-terrain ». L'inspiration peut venir du Faubourg-Saint-Honoré et de l'avenue Montaigne ; des puces de Saint-Ouen comme des boutiques design.

Il faut fréquenter les grands restaurants comme les fast-foods. Notre travail est d'aller aussi bien chez Jacquemus que chez Decathlon.

Tous les endroits – et surtout les plus improbables – peuvent être sources d'inspiration. Aller en boîte de nuit vous renseignera énormément sur les attitudes du corps. Dans les années 1980, il m'arrivait parfois de me rendre aux soirées du mythique Palace, non pas pour danser, mais pour observer les *nightclubbers*, leur façon de s'habiller, de consommer, etc. Aux débuts de l'Agence, je n'hésitais pas à faire les marchés aux Mureaux, près de chez moi, pour regarder les batiks, rechercher des matières, des couleurs et des motifs originaux auprès des commerçants africains.

*

L'une des particularités de ce métier est que l'on est amené à voyager régulièrement. C'est quasiment une obligation. Un prérequis indispensable. Se confronter à de nouveaux lieux, à des réalités différentes fait également partie de nos impératifs. Quand on débute, ce n'est pas toujours évident, car l'investissement financier est important, mais nécessaire.

Les plus beaux voyages que j'ai réalisés, je les ai faits seule à la découverte du pays. Cela vous oblige à sortir des sentiers battus et à découvrir des mondes où l'on n'est pas attendu. Rien de tel qu'un « choc des cultures » pour trouver l'inspiration.

Les États-Unis ont aussi beaucoup compté pour moi. Ce pays m'a toujours fascinée par son dynamisme, sa force de frappe commerciale et sa créativité délirante. Lorsque j'étais plus jeune, j'ai arpenté New York pendant trois mois avec des amis étudiants, y compris les endroits les plus étranges et les plus glauques. On visitait les clubs de jazz ou des églises désaffectées transformées en lieux de musique. Là-bas rien n'est jamais acquis, il faut toujours se remettre en question, aller de l'avant. Tout va très vite. Des quartiers quasiment à l'abandon peuvent être rénovés et devenir « tendance » un an après, avec des boutiques originales et des artistes qui exposent leurs œuvres dans des galeries d'avant-garde... Plus tard, quand je devais m'y rendre en *Concorde*, il m'arrivait souvent de croiser Paloma Picasso qui, à l'époque, concevait des bijoux pour Tiffany tandis qu'elle lançait en parallèle sa propre marque de cosmétiques. J'admirais cette femme, sa beauté, son élégance, sa grande classe. Tout en elle m'inspirait. Depuis cette époque, je porte du rouge à lèvres écarlate.

Au Japon, j'ai découvert des musées, des hôtels avec des architectures d'avant-garde pour le moins visionnaires. En Corée, j'essayais de comprendre les technologies nouvelles et les styles de vie.

Pour les besoins de ma profession, je me suis très vite rendue en Italie. Quelle magie que ce pays, qui respire la beauté, la culture, la bienveillance, la joie de vivre ! Tout semble inné ! J'ai travaillé pour des industriels à Milan, Florence et Prato où les industries de la laine et du cuir étaient et sont toujours rassemblées. C'était un plaisir de retrouver ces usines d'avant-garde où l'art est omniprésent, jusque dans les ateliers. Une différence vraiment marquante avec nos entreprises françaises parfois obsolètes... Depuis, nous avons bien rattrapé notre retard grâce à nos entreprises du luxe.

Et que dire des relations humaines ! Ce n'est pas le pays de la *Dolce vita* pour rien. Un soir, j'avais un rendez-vous très important, crucial même, avec Luciano Benetton. J'ai atterri à Florence où j'ai loué une voiture, mais je suis tombée en panne sur l'autoroute. J'étais seule... De charmants italiens sont venus à mon secours et m'ont conduite jusqu'à un garage... Finalement, je suis arrivée à 22 heures, très en retard, au dîner, mais ce n'était pas grave pour M. Benetton qui m'a accueillie les bras ouverts !

Comme tous ceux de ma génération, je me suis rendue en Inde. Un moment important dans ma vie. Une expérience spirituelle et humaine majeure. Pour ceux qui s'intéressent aux couleurs, l'Inde est un véritable paradis. Ce pays est d'une grande pauvreté, mais les femmes portent avec élégance des saris aux teintes magnifiques. Les couleurs, végétales et artisanales, sont partout. Dans les vêtements, les maquillages, la nourriture. Sur place, j'ai assisté à la « fête de la couleur », qui est un moment de partage assez extraordinaire quand les habitants vous éclaboussent de poudres de couleurs éblouissantes. Au quotidien, j'ai partagé la nourriture avec les plus pauvres. Ils n'avaient pas grand-chose à manger, mais, ce « pas grand-chose », ils vous invitaient à le partager avec eux dans leur modeste demeure. C'était très fort. Bien des années plus tard, quand j'ai travaillé pour le compte du gouvernement indien – et même s'il est difficile de tirer des généralités sur un tel pays à partir d'une expérience personnelle –, j'avais déjà une petite expérience du terrain qui s'avérera utile.

Alors oui, vivez des expériences inoubliables et inédites. Remettez-vous en question. Confrontez-vous à ce qui vous est étranger. En un mot : sortez !

11

L'ART ET LA MATIÈRE

L'art et la mode ont toujours avancé ensemble. Pour moi, la visite des musées est une étape obligée quand on fait notre métier. L'Art (avec un grand « A ») est fondamental, car il nous forme au *beau*. Visiter les musées, quels qu'ils soient, et où qu'ils soient, reste une source constante d'inspiration. Voir les tableaux, étudier les peintures, les installations, observer les détails aident au quotidien.

Nombre de grands créateurs se sont inspirés des œuvres d'art. En son temps, Elsa Schiaparelli fréquentait l'élite artistique parisienne et ses premières créations seront très inspirées par l'esthétique surréaliste. Avec Salvador Dalí, elle a créé des pièces iconiques, comme la fameuse robe en soie crème imprimée d'un homard ; des gants en daim noir avec ongles rouges en peau de serpent ; ou le tailleur à poches-tiroirs de bureau. De son ami Jean Cocteau, elle reproduira les dessins sous forme de broderies par les ateliers Lesage. Magritte lui inspirera des chaussures chevelues et elle créera même pour lui un flacon de parfum pour homme en forme de pipe… Véritable touche-à-tout de génie, elle pouvait puiser son inspiration aussi bien dans les tableaux de Botticelli, dans l'Égypte pharaonique, dans l'époque Louis XVI que dans Euclide ou encore l'astrologie…

En 1930, dans son recueil *Opium*, Jean Cocteau a été le premier écrivain à révéler le génie de Giacometti avec cette phrase restée célèbre : « Je connais de Giacometti des sculptures si solides, si légères, qu'on dirait de la neige gardant les empreintes d'un oiseau. » Sa sculpture la plus célèbre, *L'homme qui marche*, ne cessera d'inspirer les créateurs de mode, dont André Courrèges, qui était fasciné par cette silhouette filiforme. Plus près de nous, le défilé de 1965 d'Yves Saint Laurent – par ailleurs grand collectionneur d'art – est resté dans toutes les mémoires avec ses fameuses robes « Mondrian ». En 1969, il crée des bustiers en métal doré avec les sculpteurs François-Xavier et Claude Lalanne. Tout au long de sa carrière, Yves Saint Laurent a brodé sur des jupes, des vestes ou encore des capes des tableaux de Matisse, Van Gogh, Picasso, Braque, etc.

La mode est aussi une forme d'art. Certains défilés de Haute Couture s'apparentent moins à des présentations de vêtements qu'à des performances abstraites. Certains créateurs comme Viktor & Rolf sont plus assimilés à des artistes qu'à des stylistes… La vocation de la mode est de vêtir, couvrir le corps d'une manière créative, mais elle se doit également d'être fonctionnelle et « portable ». Entre les utopies des uns et le réalisme des autres...

*

Aujourd'hui les marques subliment l'art et la font descendre dans la rue. De nombreuses maisons investissent dans des expositions, voire commandent directement des œuvres à des artistes, dotent des fondations. Les deux plus importants pôles du luxe français ont chacun ouvert un musée d'art contemporain à Paris. La fondation Louis-Vuitton pour Bernard Arnault (groupe LVMH) et la Bourse de commerce pour François Pinault (groupe Kering).

Ces fondations participent à la richesse de l'offre culturelle du pays et permettent au plus grand nombre de découvrir (ou redécouvrir) les œuvres d'art d'artistes majeurs. Ce mariage du luxe et de l'art génère des collaborations avec des artistes venus, entre autres, du *street art*, et qui apportent à une griffe de luxe un côté novateur et branché extrêmement désirable. Ces modèles, qui deviennent rapidement « collectors », se transforment en puissants outils de promotion et de communication.

À l'Agence, nous organisons depuis toujours des visites d'expositions pour tous nos collaborateurs, qu'ils soient stylistes ou comptables. Mode, peinture, sculpture, photographie, la curiosité doit être sans limites. Les cultures générale et artistique sont indispensables dans nos métiers et font la différence.

*

Mais l'art ne se limite pas aux tableaux présents dans les musées. La photographie a joué – et joue encore – un rôle important dans la mise en valeur des créations. Au XIXᵉ siècle, ce sont des dessinateurs qui illustraient les vêtements de la saison dans les magazines de mode. Si la photographie est apparue dans le premier quart du XIXᵉ siècle, il faudra attendre le début du siècle suivant pour que ce médium soit utilisé par la presse spécialisée, et encore, les images étaient très posées, façon portrait. Pendant l'entre-deux-guerres, la photographie cesse d'être un témoignage pour se hisser au rang d'art. *Harper's Bazaar* et *Vogue* aux États-Unis sont les premiers à faire appel à de grands photographes tels Edward Steichen, Cecil Beaton ou encore Irving Penn pour développer une imagerie très sophistiquée. En France, Man Ray apporte son inspiration surréaliste et ses recherches esthétiques pour photographier les robes de Lucien Lelong ou Mainbocher.

Mais l'explosion artistique aura lieu dans la seconde moitié du XXᵉ siècle, quand des photographes descendent dans les rues de Paris, New York ou Londres pour photographier leurs modèles le plus naturellement possible et mieux saisir la frénésie du moment. Richard Avedon, William Klein, David Bailey concevront des poses plus travaillées, des compositions plus léchées, le plus souvent en couleur. Certaines de ces photographies entreront dans la légende, comme celles de Jeanloup Sieff immortalisant Yves Saint Laurent posant nu ; Helmut Newton qui sublime le smoking pour femme du même créateur avec des photographies en noir et blanc ; Guy Bourdin qui développe une esthétique proche du cinéma pour le chausseur Charles Jourdan ; Sarah Moon qui transpose son romantisme flou dans les publicités Cacharel ; Jean-Daniel Lorieux qui sacralise les femmes par des mises en scène exceptionnelles mais devient aussi le portraitiste de Johnny Hallyday et de Jacques Chirac !

À partir des années 1990, certains photographes de mode, comme Peter Lindbergh, Bruce Weber, Terry Richardson, sont aussi célèbres que les modèles qu'ils photographient. Mieux, certains comme Karl Lagerfeld et Hedi Slimane *shootaient* (photographiaient) eux-mêmes les modèles qu'ils avaient conçus... La boucle était bouclée !

*

Visiter les galeries d'art est également une nécessité du métier et a joué un rôle très important dans ma « formation » artistique. Leur fréquentation permet de voir quelles sont les dernières créations artistiques et d'aiguiser son regard aux nouvelles tendances de l'art contemporain. Abstrait ou figuratif ? Couleurs vives ou pastel ? Dans l'art aussi, les « tendances » existent... Il n'était pas un week-end où je n'emmenais pas mon mari visiter les galeries de Saint-Germain-des-Prés ou du Marais, avec un passage obligé dans celle de mon amie Dominique Fiat, où les œuvres pertinentes qu'elle exposait nourrissaient et nourrissent toujours mon imaginaire. Aujourd'hui, à l'Agence, nous hébergeons l'un des espaces de la galerie Derouillon dédié aux jeunes talents. La compagnie des artistes et de leurs œuvres est une constante pour ceux qui sont attachés à ce qui émerge.

*

En 1992, de passage au pays du Soleil levant, j'entends parler de l'île de Naoshima, sur la mer intérieure japonaise. Un mécène nippon, à la fois investisseur et collectionneur, a le projet fou de transformer le lieu en île-musée ; je décide d'y emmener mes collaborateurs japonais. Je réserve les trois seules chambres disponibles à cette époque dans le Benesse House, qui était à la fois un musée, un hôtel et un restaurant, conçu par l'architecte Tadao Andō. La nuit, nous pouvons circuler dans le musée d'art moderne parmi les œuvres de Monet, Giacometti, César, Christo, Pollock, Hockney... Des moments inoubliables. Les années suivantes, nous visiterons les îles Teshima et Inujima, toutes proches, elles aussi situées dans la mer intérieure japonaise, sur lesquelles des œuvres d'art contemporain sont disséminées ou abritées dans des musées d'avant-garde extraordinaires. Sur une plage de Teshima, je visite « Les Archives du Cœur », l'installation sonore de Christian Boltanski. Dans cette grande boîte sombre, on pouvait écouter les milliers de battements de cœur, que les personnes qui nous avaient précédés avaient enregistrés... Et, bien sûr, on pouvait sauvegarder les battements de son propre cœur, qui, à leur tour, seront conservés et archivés avec ceux des autres. J'aime l'idée que le bruit de mon cœur est toujours sur l'une de ces plages japonaises...

Les rencontres avec les artistes ont toujours été des moments très forts. En 1984, une amie propriétaire d'une boutique de décoration m'a fait découvrir Les Frères Ripoulin, un groupe d'artistes de la figuration libre – dont faisaient partie Nina Childress, Pierre Huyghe ou encore Claude Closky – et premiers graffiteurs. Immédiatement, j'ai senti que ce mouvement était représentatif d'une nouvelle forme d'expression propre à cette génération et je les ai fait travailler sur des décors du salon « Maison & Objet ». J'ai collectionné plusieurs de leurs premières œuvres et, aujourd'hui encore, je suis toujours l'évolution du travail de Stéphane Trois Carrés, l'un des membres du groupe.

Dans les années 1980, je rencontre Jean Hucleux, dans le petit village des Yvelines où nous habitons. C'était un peintre et un dessinateur qui travaillait à la mine de plomb et dessinait méticuleusement des portraits, point par point, avec une loupe. La mode le passionnait et il me posait beaucoup de questions sur mon métier. De temps en temps, nous entendions l'hélicoptère de François Mitterrand qui atterrissait près de son atelier. Le président posait pour son portrait, qui est aujourd'hui conservé au centre Georges-Pompidou.

*

Au salon « Maison & Objet », je croise Élisabeth Garouste, qui s'était associée avec Mattia Bonetti pour créer Garouste & Bonetti, talentueux duo de décorateurs et designers. Nous sympathisons et, rapidement, nous rencontrons son mari, le peintre Gérard Garouste. Nous parlons d'art, de la jeunesse et de la Normandie. Le couple d'artistes venait de créer leur fondation, baptisée « La Source », et avait acheté une grande ferme en Normandie dans laquelle des jeunes en réinsertion pouvaient exprimer leur créativité artistique. Des artistes étaient régulièrement invités en résidence où ils initiaient les jeunes aux arts plastiques. Une manière pour eux d'introduire l'art dans les classes les plus défavorisées. Régulièrement, je me rends aux expositions et dans les galeries où Gérard Garouste présente ses nouvelles créations. Son œuvre m'a toujours fascinée, cet étrange mélange de figuratif et de surréalisme teinté de cette imagination enfantine. La France vient enfin de reconnaître son immense talent à sa juste valeur en organisant dernièrement une rétrospective au centre Georges-Pompidou.

À la Woolmark, j'ai rencontré Clotilde Bacri, une femme d'une grande beauté et d'une élégance folle, qui est devenue ma meilleure amie. Fille d'antiquaire, elle aimait aussi l'art contemporain et en collectionnait beaucoup. Son mari, Bernard Herbo, a aidé Emmanuel Perrotin à lancer sa galerie en 1990. Un couple de collectionneurs qui aime l'art et qui a un goût très sûr. Dans les années 1990, ils ont repris la cristallerie Daum, et Clotilde a fait travailler les plus grands designers contemporains, dont Philippe Starck, mon ami Hilton McConnico, Garouste, Dubreuil et tant d'autres, qui ont créé des pièces aujourd'hui exposées dans les plus grands musées.

Au cours d'un dîner chez Clotilde et Bernard, nous faisons la connaissance de César. J'ai toujours considéré comme visionnaire le travail de cet artiste qui récupérait des matières ou des objets inutiles dans les décharges pour les compresser et les transformer en œuvres d'art. Un précurseur du recyclage. Mais là, je l'avais en face de moi ! C'était une personnalité flamboyante, que sa truculente verve de Marseillais rendait immédiatement sympathique. Après ce premier dîner, nous l'avons revu plusieurs fois, et c'était toujours un plaisir. César n'avait pas son pareil pour raconter des histoires plus rocambolesques les unes que les autres. Alors qu'il était en train de travailler sur son fameux *Centaure* – qui trône aujourd'hui au milieu du carrefour de la Croix-Rouge à Paris, en plein cœur du Quartier latin –, César nous parle d'Arman, son ami, avec lequel il se livrait à une « amicale compétition » artistique. Un jour que les deux hommes étaient en Normandie, chez Bocquel, leur fondeur commun, César avait remarqué qu'Arman avait récupéré des archets de musique pour en faire des accumulations.

Se sentant « copié » et pour se moquer de son ami, César a attrapé un lot d'archets et les a mis dans le cul du *Centaure* ! Quand on sait que la figure du *Centaure* est un autoportrait de l'artiste... Chaque fois que je passe devant cette monumentale sculpture en bronze, je ne peux m'empêcher de penser à ce cher César et à ses archets...

12

DISCOURS SUR LA MÉTHODE

Notre travail consiste à fournir une prévision, des tendances, avec deux ans d'avance, mais aussi d'imaginer et façonner l'avenir des industries créatives. Notre rôle est également d'aider les marques des secteurs de la mode, de la beauté et du design à rester pertinentes, à comprendre la modernité et à créer leurs produits et services.

Ce travail de prospection et d'analyse va avoir une application concrète auprès des clients de l'Agence qui veulent anticiper les évolutions des besoins ou des envies de leur propre clientèle. Il nous revient le soin de « penser » et de définir ce que seront les styles de vie, la mode, la maison dans un futur plus ou moins long. À terme, l'objectif de nos clients est de rendre leurs marques plus performantes et désirables en répondant aux besoins des consommateurs et, si possible, en conquérir de nouveaux. En achetant nos *Cahiers de tendances*, ils bénéficient de tout le travail préalable d'observation et d'analyse réalisé en amont. À l'Agence, nous publions onze cahiers par an : un cahier « Évolution et styles de vie » ; deux cahiers « Couleurs » ; deux cahiers « Beauté » ; deux cahiers « Femme » ; deux cahiers « Fabrics » ; deux cahiers « Living » à raison d'un cahier pour la saison printemps/été et d'un second pour la saison automne/hiver. Bien entendu, nos prestations ne s'arrêtent pas à l'édition de *Cahiers de tendances*. Nos conseils s'adaptent également à chacun de nos clients. C'est pourquoi il nous faut établir un véritable lien de confiance.

*

Le monde est en perpétuel mouvement, et nous sommes assaillis en permanence par des milliers d'informations, des couleurs, des matières, des œuvres, des objets, des vêtements. Chacun d'entre nous est une part de ce monde en mouvement. La première partie de notre travail consiste à repérer dans ce brouillard les fameux « signaux faibles » qui feront la tendance de demain. Fondamentalement, tout peut servir de source d'inspiration, il ne doit pas y avoir de tabou ni d'*a priori*.

Cette phase prospective dure trois mois environ. Pendant ce trimestre de « gestation », où l'on traque l'« air du temps », dès que je vois quelque chose qui me « parle », je le mets de côté et je bâtis des dossiers thématiques. Tous nos sens sont en éveil. Nous allons au marché aux puces, nous achetons des échantillons de matières qui nous intéressent, nous accumulons des cartes postales qui nous ont inspirés, des pages de magazines que nous avons déchirées parce que tel ou tel sujet était source d'intérêt, des films, des séries télévisées, etc. Le tendanceur ausculte les réseaux sociaux, mais l'information peut aussi se trouver dans un catalogue d'exposition, un tatouage, une photo de la nature, de la végétation, des tenues militaires, un vêtement sportswear... Nos recherches peuvent aussi concerner un état d'esprit, le mouvement des corps, des silhouettes, le rapport au sacré... La liste est quasiment infinie. Finalement, c'est un peu le substrat de l'année qui va être condensé par des personnes sensibles (les tendanceurs et les tendanceuses) capables de capter ces signaux, réceptives à ces choses infinitésimales. Pour nous aider, nous avons établi des grilles de lecture propres à notre agence qui nous permettent de couvrir tous les besoins du marché.

Ces informations collectées et accumulées sont rapportées « brutes » pour être disséquées. Nous constituons des « gammes », des « familles » ou des « thèmes ». Nous regroupons la (volumineuse) masse d'information et essayons d'y mettre un petit peu d'ordre en travaillant les connexions entre les sources d'inspiration. Nous partons du plus large et ensuite nous resserrons vers le plus fin. Cela peut donner un dossier « Art nouveau et Japon », « Vie naturelle », « Campagne », « Primitivisme », « Les années 1950 », etc. Conseil d'une professionnelle : le mieux est de tout étaler par terre dans une grande pièce, ce qui facilite une vue d'ensemble et permet de repérer plus facilement les similarités.

Une fois les thématiques regroupées, nous procédons à une mise en commun dans des « ateliers de création » (*brainstorming*) qui peuvent durer plusieurs jours. Comme je l'ai dit précédemment, on ne peut pas avoir raison seul, dans son coin. L'intérêt, c'est de se confronter au travail des autres qui ont fait la même chose que vous de leur côté. Chacun lance ses idées, sans ordre, sans hiérarchie, et chacun peut les attraper au vol et rebondir dessus. La création est aussi une affaire collective. Donc, pendant trois jours environ, les participants confrontent leurs points de vue et chacun doit pouvoir justifier ses choix.

C'est à ce moment crucial qu'émerge ce que j'appelle l'« inconscient collectif » qu'il nous appartient de « faire sortir ». Quand nous mettons nos travaux en commun, que nous sommes douze autour de la table et que cinq ou six tendanceurs ou tendanceuses trouvent des inspirations similaires, c'est qu'il y a quelque chose dans l'air du temps et que, forcément, ce quelque chose va émerger à un moment et devenir tendance. C'est aussi une période d'écoute où la parole des autres peut aider à mettre des mots sur un ressenti, une sensation que nous ne pouvions ni formaliser ni interpréter.

Et puis, à un moment, les échanges sont terminés, l'évidence s'impose à nous. Nous fixons alors les grandes lignes des tendances à venir dans des *moodboards*, qui rendent compte des ambiances, des scénarios, à la manière d'un film. Ils serviront à toute l'équipe (coloriste, dessinatrice, photographe, rédacteur) qui construira ensuite les *Cahiers de tendances* dans un ordre immuable : d'abord les « Couleurs », ensuite les « Matières », suivies par les « Formes » qui sont déclinées dans les cahiers « Prêt-à-porter », « Maison », « Lingerie », « Cosmétique », etc. Chaque thème est précédé d'un texte et d'images qui présentent et illustrent le travail accompli et expliquent les sources d'inspiration. Il faut s'approprier cet outil pour le défendre ensuite auprès des clients.

*

Après cette phase de conception, nous entrons dans le processus de fabrication. Tout d'abord, nous établissons des gammes de couleurs exclusives (une particularité de l'Agence) que nous faisons teindre spécialement avec des techniques artisanales dans des ateliers incroyables. Ensuite, nous recherchons et achetons les tissus qui seront présentés dans les *Cahiers de tendances* pour accompagner nos propositions. Des dessinateurs illustrent les vêtements selon ce qui a été décidé. Grande originalité de l'Agence, nous générons toutes nos photographies exclusives. Une fois les *Cahiers de tendances* imprimés, reliés puis déclinés dans leur version numérique, ils sont vendus à nos clients. C'est à eux de s'approprier notre travail, de s'en inspirer s'ils le souhaitent et de l'adapter à leur production, leurs propres collections.

Un long processus technique commence auprès des industriels, qui va prendre généralement deux ans.

Tout commence par le fil, est-ce qu'il va être bouclé ? tordu ? fin ? épais ? en coton ? en polyester ? en laine ? Ensuite, il faut le teindre, en fonction des gammes de couleurs. Pour fabriquer les fils et les teindre, il faut compter environ six mois. Puis, le fil est vendu aux industriels du tissu, ce qui fait six mois de plus. Arrive le temps des salons comme « Première Vision » où les professionnels du vêtement peuvent voir et comparer les tendances et acheter les tissus. Ensuite, six autres mois sont nécessaires pour concevoir le vêtement, et six mois pour qu'il arrive auprès des détaillants. À chaque étape de la fabrication, nous faisons des synthèses et des actualisations. Nous ne manquons pas, en fin de parcours, de comparer nos tendances et la réalité du marché. Et franchement, nous sommes fiers du travail accompli par nos équipes.

*

Notre travail ne s'arrête toutefois pas aux *Cahiers de tendances*. Nous accompagnons nos clients sur le long terme. Lorsque les collections sont mises en place en magasin, nous assurons une « veille permanente » en fonction de l'actualité du milieu de la mode (défilés, salons du prêt-à-porter). L'Agence réalise à nouveau des synthèses sur certaines pièces de vêtements qui émergent et en informe ses clients. Cela permet de repérer les épiphénomènes que nous n'avons pas pu pressentir et de les signaler à nos clients qui peuvent réagir en modifiant leur production.

Dans une collection de vêtements, il y a environ un tiers de création pure sur lequel nos *Cahiers de tendances* ou nos conseils apportent une vision prospective : les « must have » de la saison. Un autre tiers de la collection concerne les « reconduits », c'est-à-dire des produits emblématiques de la marque sur lesquels nous procédons à un petit « lifting » (nous changeons les boutons, la matière, la couleur). Et puis il y a un dernier tiers de « basiques », les intemporels que la marque conserve en permanence dans son catalogue (marinière, trench, etc.) et qui peuvent être revisités. Enfin, plus récemment des « collaborations » avec des influenceuses ou des créateurs ou designers viennent compléter les 10 % restant. Si nos *Cahiers de tendances* apportent les éléments à venir, notre rôle de conseil consiste également à accompagner nos clients pour les « reconduits emblématiques » et les « basiques » qui, eux aussi, ont régulièrement besoin d'être retravaillés.

La prise de conscience des enjeux environnementaux prenant, chaque jour, une place de plus en plus importante, nous sommes très attentifs à ce que nos clients ne produisent pas de vêtements « inutiles ». Régulièrement, nous les incitons à réduire le volume de leurs collections, à optimiser l'utilisation des matières, à concentrer leurs gammes de couleurs afin de réduire leur impact environnemental.

C'est un véritable changement de mentalité qui s'opère sous nos yeux et qui demande une collaboration de confiance réciproque entre nos clients et nos équipes.

127

*

Comme nous l'avons vu dans les chapitres précédents, rien de tout cela n'existait jusque dans les années 1950. Ce n'est que progressivement, dans les années 1960-1980, que cette démarche et cette technique ont été mises au point par les « bureaux de style », en les perfectionnant chaque fois un peu plus. Cette méthode de travail s'est aussi développée dans les grandes maisons de création qui ont aujourd'hui leur propre « bureau de style » en interne. Quand vous regardez les photographies des ateliers des grands créateurs, il y a souvent, accrochés au mur, des photos, des objets d'inspiration, des matières. Les couturiers aussi collectent, confrontent et synthétisent. D'ailleurs, pour de nombreuses grandes maisons, nos *Cahiers de tendances* deviennent une source d'inspiration parmi d'autres.

13

UNITED COLORS...

Le travail des couleurs est fondamental dans les tendances, et la sensibilité à leurs nuances est indispensable. Toutes les impulsions stylistiques commencent
par un choix de couleurs. On parle alors de couleurs
claires, foncées, pastel, sombres, franches, délavées,
vives, tendres, pâles, fanées, usées, saturées, chan-
geantes, froides, chaudes... Le vocabulaire est très
riche. Quand je suis dans la phase « prospective » et que
je compile mes sources d'inspiration les plus importantes – les fameux « signaux faibles » –, en parallèle,
je vais dégager des grands axes colorimétriques et travailler la gamme de couleurs. Ensuite, comme dit précédemment, je confronte mes recherches avec celles des
autres collaborateurs de l'Agence lors de nos fameux
brainstormings. Si des gammes se rapprochent, l'inconscient collectif a parlé. Les couleurs se travaillent
en gammes de hauteurs de tons différentes et, lorsque
la gamme est bien pensée dès le début, on la retrouvera
telle quelle sur les portants des magasins. Ensuite, cela
va donner une ambiance qui sera déclinée en thèmes,

en histoires, qui deviendront par la suite des tissus, des vêtements, des impressions, etc. Les couleurs se travaillent en harmonies. On parle alors d'harmonies monochromes (une couleur), bicolores (deux couleurs), tricolores (trois couleurs) et multicolores (au-delà).

Bien entendu, la perception de ces gammes de couleurs est différente en fonction des pays et des hémisphères et nos préconisations sont adaptées à l'international. Au Japon, le blanc et le noir n'ont pas la même signification qu'en Europe. En Chine, on se marie en rouge. En Italie, le vert portait malheur…

Les gammes de couleurs sont primordiales pour les acheteurs dans la grande distribution, pour les merchandiseurs, mais aussi pour les confectionneurs, les tisseurs et les acteurs de la chaîne de fabrication. Elles leur permettent de s'organiser et de préparer leurs commandes en amont. Leur fournir des gammes de couleurs restreintes par rapport aux millions disponibles les guide dans leurs choix et limite le risque d'erreur.

*

Fin 2022, j'étais devant mon poste de télévision, à regarder une célèbre émission littéraire diffusée sur le service public à une heure de grande écoute. Parmi les invités, Sylvain Tesson, qui venait de publier un livre sobrement intitulé *Blanc*[1], face à lui, Michel

---

1. Éditions Gallimard.

Pastoureau faisait paraître *Blanc, histoire d'une couleur*[1]. Était-ce un hasard d'avoir travaillé sur la même non-couleur ? Je ne le pense pas.

Certains pensent que le blanc n'est pas une couleur, mais plutôt une valeur. Et je ne suis pas loin de le croire également. Dans les périodes « compliquées » comme maintenant, le blanc permet de se « laver » de tout. Il cristallise une envie de redémarrer sur quelque chose de neuf, de propre. Toutes les couleurs ont une signification, un sens caché et de l'ambivalence. Dans le monde arctique, les Inuits ont un vocabulaire très riche pour désigner le blanc et ses variantes.

Le blanc est aussi une couleur qui accompagne toutes les étapes de l'évolution de l'être humain. Dans notre société judéo-chrétienne, le blanc, c'est la naissance, le baptême, la communion, le mariage. Mais c'est aussi la couleur de la vieillesse (les cheveux blancs), d'une mauvaise santé (l'hôpital) et de la mort (le linceul). C'est un symbole de spiritualité, de pureté, de paix, mais qui est aussi le sommet du luxe, car le blanc ne souffre pas la médiocrité. Et quand le blanc s'illumine avec du rouge, cela signifie que la révolution est en marche !

*

Les Japonais sont très sensibles au noir. Dans leur langue, il y a plus de cent mots pour le dire et son idéogramme est toujours accompagné d'un adjectif.

---

1. Éditions du Seuil.

C'est ainsi qu'il y a le « noir deuil », le « noir corbeau », des noirs « gais », voire « chaleureux », etc. Le noir est également une couleur ambivalente. Le noir et les teintes froides en général sont perçus comme des couleurs distinguées, élégantes, raffinées dans le monde de la mode, du luxe – et du chocolat –, plus que les couleurs vives. Mais le noir, c'est aussi la violence (les *blacks blocs*), le symbole du nihilisme (les anarchistes), voire d'une société qui n'a pas d'avenir (le noir des gothiques). À la fin de l'année 1999, notre *Cahier de tendances* présentait une gamme de couleurs noires et rouge flamme. Nos clients, un peu surpris, nous ont fait part de ce côté sombre qui les inquiétait. Pourtant, nos travaux en commun étaient formels, on allait vers une période de violence. Ces *Cahiers de tendances* concernaient la période automne-hiver 2001... L'avenir nous a hélas donné raison.

*

La période actuelle que nous traversons me semble aussi représentée par la couleur grise... C'est une période d'ombres, de mutations, de conflits et d'incertitudes. Le gris est une couleur intermédiaire qui signifie le passage d'un état à un autre. Le gris est une couleur issue du noir et du blanc (les deux plus belles couleurs qui soient à mes yeux). De la première, elle prend son intensité, de la seconde, sa pureté immaculée. Au Moyen Âge, elle était associée à la sagesse et à la connaissance. Et c'est LA couleur qui met en valeur toutes les autres.

*

Le bleu est une couleur qui incite à la méditation. Le bleu, c'est la vie, c'est le bleu du ciel, celui de la mer et de l'eau qui coule. C'est à la fois un symbole de vide mais aussi de pureté. Le bleu est aussi une couleur noble (le « sang bleu » des aristocrates) avec une dimension spirituelle très forte (le manteau de la Vierge Marie). Enfin, le bleu offre la particularité d'être présent dans toutes les cultures, des Vikings aux Hindous, des Hébreux aux Arabes, et d'être perçu comme une couleur « écologique ».

À l'inverse, certaines couleurs passent parfois mal, comme le jaune, qui n'est pas une couleur très marchande, et qui à mauvaise réputation. Le grand paradoxe est que le jaune est très tendance aujourd'hui… Les temps changent. Pourtant, le jaune n'a pas que des défauts, c'est aussi la couleur du soleil. Mais dans la tradition chrétienne, c'est la couleur de Judas, le traître… On appelle les « jaunes » les briseurs de grèves. C'est la couleur de l'étoile qui a servi à distinguer les juifs.

Le rouge est une couleur flamboyante, qui évoque la passion, mais aussi le sang, la douleur. C'est une couleur très intense, que l'on voit très rarement en *total look*.

Parmi les couleurs importantes, il faut évoquer les couleurs « terre », qui vont du marron au beige en passant par le kaki. Ce sont des couleurs issues de la matière terrestre. Ces couleurs font penser aux uniformes militaires, aux vêtements de travail, mais ce sont également des couleurs très présentes en Afrique. Ces couleurs expriment la prise de conscience que l'on est un élément de cette planète. En ce moment, ce sont des couleurs très tendance, elles prennent du volume dans une collection et se vendent très bien.

Les couleurs ont toujours été au centre de ma vie professionnelle. J'adorais faire des gammes et ressentir les émotions qui s'en dégageaient. À l'Agence, quand je travaillais avec Bettina Witzel, notre spécialiste couleur, on arrivait à se comprendre sans un mot. On « parlait couleur » sans avoir besoin de vocabulaire. C'est très difficile à exprimer… À titre personnel, ma gamme de couleurs positives préférées tourne autour des roses, du rose pastel aux roses « shocking ». J'aime aussi cette couleur pour ses anagrammes évocatrices : *éros* (le dieu de l'Amour), si présent dans notre métier, et *oser*, indispensable à tout acte de création.

14

MATIÈRES PREMIÈRES

C'est bien connu, la mode ne tient qu'à un fil ! Après la couleur, la matière est le deuxième élément que nous présentons dans nos *Cahiers de tendances*, car ce choix est crucial dans la conception d'un vêtement, pendant sa durée de vie et même au-delà. C'est la matière qui va donner l'aspect final recherché par le créateur. C'est elle qui va aussi fortement influer sur le processus industriel, l'impact écologique et, *in fine*, sur le prix de revient. Chaque matière a des caractéristiques techniques qui lui sont propres, nécessitant des fournisseurs spécifiques et des industriels aux machines adaptées. Certaines maisons font appel à des « stylistes matières » pour les conseiller dans leurs choix.

Dans le processus de création, tout commence avec les filateurs qui vont produire le fil qui sera ensuite transformé en tissu par les tisseurs, qui sera à son tour transformé en vêtements par les confectionneurs.

Si, par exemple, la tendance s'oriente vers des thématiques « rustiques » ou « authentiques », les

filateurs vont concevoir des fils « flammés » (irrégu-
liers), « boutonnés », en matières plutôt naturelles. Ces
fils seront transformés par les tisseurs en armures[1] de
type « chevrons », « sergés », « gabardines », « twee-
dés »… pour obtenir le résultat souhaité. Ils seront
teints par la suite : nous parlons ici de « tissés teints ».
Une autre famille de tissus recoupe les « imprimés »
(fleuris, géométriques, rayures, etc.) réalisés par différentes techniques sur des bases de tissu uni.

*

Chaque année, 80 milliards de vêtements sont produits dans le monde. Si l'on part du principe que
notre planète compte près de 6 milliards d'habitants,
on obtient plus de 13 vêtements produits par habitant
et par an ! C'est considérable. Bien entendu, il faut
tenir compte des disparités continentales, certaines
régions du monde consomment plus de vêtements que
d'autres. Pour produire ces vêtements, des quantités
importantes de matières premières sont nécessaires.
Les fibres les plus utilisées sont le polyester (60 % de
la production mondiale des textiles), le coton (23 %)
et la viscose (6 %).

On classe les matières en deux catégories : les fibres
d'origine naturelle et les fibres chimiques. On peut
aussi y ajouter les fibres recyclées.

---

1. Enchevêtrement des fils de chaîne (transversaux) et des fils de trame
(verticaux), l'ensemble donne l'armure.

Les fibres naturelles

Les fibres naturelles sont classées en deux familles différentes : les fibres naturelles *végétales* (coton, lin, chanvre, etc.) et les fibres naturelles *animales* (cuir, soie, laine, cachemire, mohair, angora, alpaga).

Le coton est la fibre végétale la plus utilisée pour fabriquer les vêtements. Il est obtenu d'après la fleur de coton. Le textile est doux et confortable avec un bon pouvoir absorbant. Seul problème : sa culture nécessite beaucoup d'eau (de 50 000 à 170 000 litres pour obtenir un kilo de coton). Heureusement, des solutions existent pour limiter l'impact environnemental, grâce à des filières de « coton bio » et des « cultures raisonnées ». Pour l'instant, ces cotons sont minoritaires dans la production de vêtements, mais leur progression est considérable depuis une dizaine d'années.

La fibre de lin ne représente que 1 % de la production mondiale de textiles, mais elle est en progression constante. Matière ancestrale – déjà utilisée trente-six mille ans avant Jésus-Christ –, elle n'offre que des avantages. Tout d'abord, il convient de le rappeler, la France est le premier producteur de lin et, avec l'Europe, elles représentent près de 60 % de la production mondiale. Il pousse facilement chez nous et ne nécessite pas beaucoup d'irrigation (sujet d'actualité…). C'est aussi une matière robuste, facile à travailler, durable et écologique… que demander de mieux ? Produire des vêtements ou du linge de maison en lin serait bénéfique pour notre planète, notre économie, comme pour nos agriculteurs. Heureusement, une filière complète et intégrée se développe avec succès, et nous ne doutons pas que l'avenir lui appartient.

La fibre de chanvre est elle aussi peu présente, avec 0,5 % de la production mondiale de textiles, mais elle aussi est en progression régulière. La fibre de chanvre n'a que des qualités : résistante, peu polluante, elle protège bien des UV, est naturellement antibactérienne et antifongique, sa culture absorbe beaucoup de CO_2. Comme pour le lin, le chanvre est majoritairement cultivé en France et en Europe.

Les fibres d'origine animale

Les fibres d'origine animale ne représentent que 1 % de la production mondiale des textiles, et c'est la laine qui est la plus utilisée pour la production de vêtements. Cette matière provient du poil de l'épiderme de certains animaux, comme le mouton, mais aussi la chèvre, le lama, les lapins ou la vigogne. Une fois travaillée, on obtient une matière naturellement légère, souple et respirante. Peu inflammable, elle offre également une bonne isolation thermique (on se sert aussi de la laine dans le BTP pour ses vertus isolantes) et est durable. Comme nous l'avons vu dans les chapitres précédents, les principaux élevages de moutons sont situés en Australie et en Nouvelle-Zélande. Là aussi, des filières écoresponsables existent et progressent, et l'on assiste depuis peu à une renaissance des filières françaises qui permettent de limiter les transports.

Le cuir (peau de bœuf, veau, chèvre ou de mouton) est préparé et tanné pour obtenir un matériau naturel et noble de grande qualité. Le cuir est une matière souple et résistante qui se patine avec le temps, mais sa transformation nécessite de nombreux procédés polluants. Des matières alternatives existent aussi, notamment le « cuir végétal » proposé par des créateurs pour le moins inventifs : le « cuir de pomme » et le « cuir de cactus », etc. Algues, coquilles, écailles et peaux de poisson et autres produits de la mer vont, dans un proche avenir, offrir d'autres possibilités pour la mode et le design. Récemment, un « cuir de poisson » a été fabriqué à partir de déchets de la pêche. De nombreux projets de recherche se poursuivent dans cette voie, qui ne manqueront pas de trouver des débouchés prometteurs auprès de nos stylistes et designers.

La fourrure est une matière issue d'animaux et, de ce fait, est de moins en moins bien perçue par une opinion publique de plus en plus sensible à la condition animale. Certaines villes comme San Francisco ont interdit la vente de fourrures nouvelles, et de nombreuses grandes marques l'ont bannie de leurs collections. Nos créateurs ne manquent pas d'imagination et d'autres matières se substituent, notamment la fourrure synthétique.

La soie est une substance filiforme sécrétée par des larves de bombyx pour leur cocon. Depuis la nuit des temps, la soie est considérée comme une matière noble, car très légère, fluide, sensuelle et délicate. Elle a des qualités isothermiques remarquables : elle garde la chaleur en hiver, rafraîchit en été et absorbe très bien l'humidité. Pour obtenir le fil tant désiré, les cocons de bombyx sont ébouillantés, mais, là aussi, d'autres techniques permettent de récupérer le fil sans tuer l'insecte dans son cocon, tel le *non-violent silk*, qui consiste à laisser sortir le bombyx avant de récupérer le fil de soie.

Les fibres chimiques

Il existe deux familles de fibres chimiques : les fibres synthétiques, comme le polyester, l'acrylique, le polyamide (nylon), le skaï, l'élasthanne (spandex) ou encore le lycra, qui représentent 60 % de la production mondiale des textiles chimiques, et les fibres artificielles, comme la viscose, l'acétate et le lyocell, qui représentent 6% de la production mondiale des textiles chimiques.

Les fibres synthétiques

La matière est obtenue par synthèse de composés chimiques, principalement d'hydrocarbures issus de ressources fossiles. Les fibres synthétiques offrent une élasticité exceptionnelle, sont légères, respirantes, infroissables, et sèchent rapidement. Elles résistent à l'abrasion, gardent longtemps leur éclat et certaines d'entre elles sont étanches. Ces matières sont issues du pétrole, qui est une ressource rare et coûteuse dont le prix fluctue en fonction des cours du baril, et nécessitent des procédés industriels polluants. Elles sont difficilement biodégradables. Enfin, de microparticules sont évacuées dans l'eau de lavage. Des choix alternatifs existent, notamment des fibres issues des plantes, ainsi que le polyamide biosourcé qui se biodégrade en quelques années. Il existe aussi des fibres synthétiques conçues à partir de bouteilles en plastique recyclées (à titre d'exemple, cinquante-quatre bouteilles recyclées permettent de fabriquer deux pulls en maille polaire).

Les fibres artificielles

La viscose est dérivée de la cellulose que l'on trouve dans les végétaux, et principalement dans le bois. Elle est obtenue par transformation de cette matière, qui est mise ensuite en décomposition par une solution acide. La viscose offre les mêmes caractéristiques que le coton, elle est respirante, absorbante, douce pour la peau et biodégradable. Sa fabrication peut entraîner de la déforestation et est une source importante de pollution chimique, même si les choses évoluent dans le bon sens. Heureusement, des labels certifient une viscose écoresponsable ainsi qu'une gestion durable des forêts. Aujourd'hui, on peut fabriquer de la viscose avec des matières « biosourcées » à base de végétaux cultivés comme le bois, le maïs, les algues, le bambou, l'eucalyptus, la canne à sucre, la noix de coco, mais aussi de déchets, comme les pelures d'oranges !

Les fibres recyclées

C'est le défi de la mode de demain. Aujourd'hui, 80 % des textiles utilisés dans l'Union européenne ne sont pas recyclés, et seulement 1 % des fibres recyclées retournent à la filière textile. La marge de progression est pour le moins considérable...

La laine se recycle assez facilement et est réutilisable plusieurs fois. Le polyester textile est, lui, transformé en isolant pour le bâtiment. Le coton est une « fibre courte » plus compliquée à réutiliser. Le recyclage mécanique du coton est aujourd'hui maîtrisé, mais il dégrade la qualité de la fibre, limitant à 20 % la part de fibres recyclées dans les futurs vêtements.

Les solutions existent pour réduire l'impact écologique de la production de vêtements. En amont, elles passent par l'anticipation de la réutilisation des matériaux, dès la phase de conception du vêtement.

Aujourd'hui, le recyclage des textiles demeure techniquement limité, mais de nouvelles machines de recyclage mécanique font leur apparition et vont permettre de broyer, trier et laver les fibres de façon plus performante. D'autres solutions émergent, comme le traitement hydrothermal, qui réduit le coton en poudre de cellulose. Enfin, des techniques comme la dépolymérisation vont permettre de mieux recycler les fibres chimiques.

Mais le principal défi du secteur reste les fils mélangés dont l'usage est généralisé et qui rend complexe tout recyclage du fait de la nécessaire séparation des différents composants des fils. Les accessoires d'un vêtement – fils de couture, boutons, rivets, étiquettes cousues à l'intérieur – compliquent le recyclage. À titre d'exemple, seul 30 % d'un jean peut être recyclé à cause de ses coutures et de ses rivets.

Enfin, nous sommes tous responsables en tant que consommateurs. L'utilisation quotidienne d'un vêtement génère les deux tiers de son impact environnemental par les lavages, l'utilisation des lessives, les repassages, les sèche-linges, etc. On a tous un rôle à jouer.

15

« MARKETING-STYLE® »

Au début des années 1980, je regardais tranquillement la télévision quand mon attention a été attirée par une intervention du psychosociologue Bernard Cathelat. Ce dernier a réuni des groupes de consommateurs pour les besoins d'une étude commanditée par un grand fabricant de télévisions et intitulée « Les gens achètent-ils selon leur appartenance sociale ? ». Ce genre de questionnement peut apparaître aujourd'hui une évidence mais, à l'époque, il était totalement novateur.

Pour moi, ce fut un déclic. Si un grand fabricant de téléviseurs faisait appel aux sociologues pour anticiper les pratiques commerciales de ses futurs clients, il était évident que notre jeune agence devait également recourir à leur expertise pour mieux appréhender les nouvelles tendances de consommation. Cette intuition est rapidement confortée par la fragmentation des pratiques des acheteurs.

*

Jusqu'aux années 1980, le monde de la mode fonctionnait d'une manière autarcique. Son but n'était pas tant de répondre à une demande que de proposer une offre et de la diffuser *via* les vecteurs traditionnels de la publicité. L'avènement de la société de consommation et l'importance de plus en plus croissante des enjeux financiers ne pouvaient laisser un tel secteur à la seule intuition des créateurs, fussent-ils géniaux. C'est ainsi que le marketing a fait son entrée dans la mode – et dans les cursus des écoles dédiées par la même occasion. Il analyse en amont les attitudes, les désirs et les motivations des consommateurs, identifie et segmente les publics pour offrir à chacun des propositions personnalisées. Rares sont les marques qui osent lancer un nouveau produit sans avoir, au préalable, sondé le marché avec l'objectif de repérer les manques, les besoins, les attentes et de mieux comprendre ce qui déclenche l'acte d'achat.

Le marketing tel que le pratiquent les entreprises se décompose en deux niveaux. D'abord, le *marketing stratégique*, qui définit les grandes orientations à prendre : analyses du marché, cahiers de tendances et bureaux de style constituent à ce stade des alliés précieux afin d'avoir une vision globale du présent et de son prolongement futur. Ensuite, le *marketing opérationnel*, qui consiste à prendre des décisions d'applications concrètes, les fameux « 4 P » : Produit, Prix, Place (distribution), Promotion. Auquel on peut ajouter un cinquième « P » : Packaging (emballage).

Dans un monde en perpétuel mouvement comme celui de la mode, trouver l'adéquation entre l'offre et la demande affecte forcément la création. Stratégie et positionnement image prennent parfois le pas sur l'imprévisible, le « coup de folie », l'inattendu, le pari risqué. En apparence, le marketing peut brider la création, mais il peut aussi créer un lien particulier entre le créateur et le consommateur, en privilégiant l'écoute. Il peut aussi la stimuler en trouvant des réponses à des besoins sans cesse renouvelés.

*

Notre raison d'être est d'imaginer l'avenir des industries créatives et de comprendre comment et vers quoi la société évolue. C'est ainsi que, à l'Agence, nous associons nos métiers de création à ceux du marketing – ce que j'ai appelé, dans les années 1990, le « marketing-style » –, et croisons nos travaux avec ceux des sociologues. Le créatif a des impulsions, les sociologues nous éclairent sur la raison de ces impulsions... En soi, le phénomène a débuté dans les années 1960 avec Maïmé Arnodin (encore elle !), qui a été la première à se rapprocher du philosophe et sociologue Jean Baudrillard. Elle l'avait invité à tenir une conférence dans l'amphithéâtre de la Sorbonne en mai 1968. J'y étais ! Il venait de publier *Le Système des objets* et publiera en 1970 *La Société de consommation*. Aux États-Unis, Faith Popcorn, une « *Futurist* » comme elle se qualifiait elle-même, sera la première à concilier le marketing et la sociologie en faisant des prédictions, dont certaines s'avéreront justes, comme le « cocooning » – la maison refuge – qu'elle théorisera dès les années 1980.

Pour nous aider à étudier les nouveaux phénomènes collectifs et dégager de grands axes de travail, nous avons fait appel à des sociologues renommés comme Gilles Lipovetsky, Michel Maffesoli et Patrick Ochs. Au premier, le soin de définir les différents groupes de consommateurs et leurs manières de consommer – son analyse a profondément changé la perception de nos métiers. Avec Gilles Lipovetsky, nous avons travaillé sur la notion d'hypermodernité et, avec Michel Maffesoli, sur les « tribus » de consommateurs.

*

Grâce à leurs travaux, nous avons pu distinguer deux types de tendance. La première, la tendance « légère », s'inscrit dans un mouvement limité et est largement amplifiée par une pratique commerciale agressive. Elle émerge dans le sillage d'un groupe de musique (Nirvana et le grunge, la Tecktonik, la K-pop...), d'un influenceur, d'un film, d'une série télévisée, etc. Les fans adoptent des codes de reconnaissance ultraprécis qui nous semblaient inimaginables dix ans auparavant. Ces « vogues » apparaissent assez rapidement, connaissent un zénith commercial et médiatique important avant de disparaître, ou de retourner dans les marges d'où elles sont généralement issues.

La seconde, la tendance « lourde », est portée par la formation de communautés plus stables, qui correspondent à des tendances plus pérennes (le bio, l'ethnique, le vintage). Elles accompagnent les lourdes mutations de la société, avec leurs cohérences et leurs rationalités sociales.

À l'Agence, notre équipe « Tendances et perspectives de consommation » attribue un mot d'ordre général qui résumera les années à venir. Actuellement, nous sortons des années « réinitialisation » (« *reset* ») qui marquaient la fin de la crise du Covid, et nous entrons dans les années « élévation » (« *rise* »).

Chaque fois, nous identifions quatre « tribus », avec des attitudes et des habitudes de consommation spécifiques. Elles évoluent en permanence et proviennent souvent d'anciennes tribus, dont les attentes ont changé, et qui en ont aggloméré d'autres. Un monde en perpétuel évolution.

Les années à venir seront celles de l'« élévation ». Les gens veulent s'élever, intellectuellement ou socialement. Leur objectif : améliorer leur qualité de vie, leur environnement, leur rapport aux autres. Parmi eux, il y a :

Les pacificateurs. Ce sont les nouveaux « hippies », des esthètes qui souhaitent recréer du lien par l'éducation, le beau, la réconciliation. Leur volonté : remettre du « être ensemble » dans la vie. Ils veulent concevoir un nouveau mode d'existence, plus cool. Ce sont les héritiers du « *slow* ».

Les ironiques. Ils désirent élever le monde par le « bizarre », réenchanter la société par l'étrange. À leur façon, ce sont des « perturbateurs », ils sont décalés par rapport à la réalité et veulent nous emmener vers une nouvelle étrangeté. Ils utilisent les outils modernes comme l'intelligence artificielle pour mélanger le réel et le virtuel.

Les turbulents. Ce sont les nouveaux « engagés ». Ils veulent donner du sens à la vie, faire évoluer le monde, les marques, la consommation, les rapports sociaux. Ils aiment la flamboyance, l'inclusion, et utilisent la provocation pour faire prendre conscience des nouveaux enjeux. Ce sont aussi des artistes qui fusionnent les codes de l'élite et ceux de la culture populaire.

Les volontaristes. Ce sont les « écolos-technos ». Positifs, ils veulent bâtir un « développement désirable » grâce à la science, les techniques et les arts. Ces « nouveaux scientifiques » ont pour ambition de construire un monde meilleur. Ils sont les promoteurs de nouvelles solutions pour mieux vivre.

Que nous réserveront les années suivantes ? Mystère !

*

L'une des particularités de l'Agence est d'avoir en interne un département qui confronte nos travaux à ceux de sociologues et qui, chaque année, organise des rencontres entre nos clients et des philosophes, des artistes, des talents issus de divers domaines, et des sociologues bien sûr. Les discussions, de haut niveau mais toujours intelligibles, et les échanges d'expériences pluridisciplinaires débouchent sur des schémas opérationnels pour les clients. Je me souviens d'une journée où le thème était « Le XXIe siècle sera spirituel ou ne sera pas » au cours de laquelle étaient intervenus Jean-Charles de Castelbajac et Michel Serres. Lors d'une autre journée, le couple Perla et Jean-Louis Servan-Schreiber et le réalisateur Bertrand Tavernier ont parlé de la réconciliation des générations. Je me souviens également de la venue du mathématicien Cédric Villani, qui avait démontré avec beaucoup de pédagogie que « tout était mathématiques » dans la vie, dans une canette de soda comme dans un coquillage... Une démonstration brillante, qui avait fait regretter à beaucoup de ne pas s'être intéressés plus que ça à cette matière pendant leurs études...

Troisième partie

Applications

16

SALONS

Dès sa conception, en 1985, j'ai souhaité ouvrir l'agence NellyRodi sur de nouveaux horizons afin d'appréhender la création dans sa globalité. J'ai toujours pensé qu'il y avait des rapprochements à faire entre la mode et le *lifestyle*. Les thématiques sont les mêmes, la méthodologie aussi. Ce qui devient tendance dans la mode peut également être décliné dans le mobilier, la vaisselle et le linge de maison. La seule différence notable est que le cycle de la maison est plus long que celui de la mode, et le renouvellement moins rapide. C'est ainsi que nous avons conçu des *Cahiers de tendances* pour les industries du bois et des fabricants de meubles. Les cosmétiques viendront peu après également. Nous signerons des partenariats avec L'Oréal et Yves Rocher.

*

Les salons sont des événements importants pour les industriels et les créatifs de la mode. Ils permettent de

« prendre la température » de ce qui sera « tendance » dans les mois à venir et donnent des impulsions aux créatifs. Ce sont aussi des lieux de rencontres qui facilitent les échanges entre professionnels et l'organisation de conférences.

Aussi étrange que cela puisse paraître, avant les années 1970, il n'existait aucun salon professionnel en France qui présentait l'ensemble des gammes de matières et de tissus et réunissait les fabricants dans un même lieu. Il y avait bien le salon de tissus Interstoff, mais il se tenait à Francfort, en Allemagne. À Paris, seul existait le « Salon du prêt-à-porter », mais il était très en aval de la conception du vêtement et ne concernait que les détaillants. En dehors des salons, pour se faire connaître, les représentants textiles démarchaient les industriels de l'habillement, avec l'espoir d'y placer leur production.

Le salon « Première Vision », créé à Lyon par Bernard Dupasquier en 1973, ne regroupait au début qu'une quinzaine d'acteurs lyonnais de l'industrie de la « soie[1] » qui souhaitaient étendre leurs échanges commerciaux. Au fil des ans, il s'est beaucoup développé et diversifié en intégrant différents acteurs de la chaîne. Au CIM, à la fin des années 1970, j'ai participé à la création du salon « Première Vision Paris » avec l'idée d'offrir, dans la capitale, un panorama

---

1. Nous l'écrivons entre guillemets pour la différencier de la *soie* naturelle à base de fil d'insecte. Aujourd'hui, la « soie » désigne les industriels qui travaillent les fils les plus fins.

complet des matières premières textiles (fils, tissus, cuirs, imprimés, couleurs, etc.) aux professionnels du vêtement et de leur permettre de rencontrer *in situ* des centaines d'exposants. Le salon quittait Lyon pour s'installer à Paris, un événement !

« Première Vision Paris » bousculera la chaîne de fabrication du vêtement et résonnera dans le monde entier. Pour celles et ceux qui travaillent dans les « bureaux de style », visiter ce salon est une étape obligée, car il se situe au milieu du processus créatif : un an après les préconisations des *Cahiers de tendances* pour les industriels du textile qui conçoivent les fils et les tissus et un an avant que les industriels du vêtement lancent leurs collections.

Pendant le salon, les stylistes et professionnels de l'habillement vont pouvoir voir, toucher, comparer et demander des échantillons de ce qui sera tendance l'année suivante. Pour la première fois, ce que les *Cahiers de tendances* leur avaient présenté et qui était de l'ordre de l'abstrait, de l'immatériel, du conseil, de ce qui *pourrait être*, devient concret. D'où son grand intérêt. Avec mon équipe du CIM, nous y tenions également un stand, organisions des forums et présentions les tendances à venir avec nos « audiovisuels » qui rencontraient un succès considérable. Peu de temps après, Bernard Dupasquier « exportera » le salon « Première Vision » aux États-Unis, à New York, où le succès sera à nouveau au rendez-vous. J'ai fait partie de l'aventure et ce ne fut pas si simple car nous devions nous confronter à l'hostilité des syndicats qui tenteront par tous les moyens de bloquer l'installation du forum.

Le « Salon du prêt-à-porter féminin » se déroulait en même temps que le salon « Première Vision ». Il permettait aux détaillants de voir les collections qui allaient être vendues en magasin dans les mois à venir et de pouvoir passer commande. Nous étions présents là aussi, à organiser des conférences et élaborer une synthèse des tendances à venir. En même temps, dans un même lieu et presque sous le même toit – le parc des expositions de la porte de Versailles, à Paris –, le tissu et le vêtement fini se côtoyaient, c'est-à-dire l'habit à différentes étapes de sa conception, et avec un décalage de saison.

Le salon « Espace textile » à Lyon me tient spéciale-ment à cœur. On l'oublie souvent, mais la capitale des Gaules a joué un rôle important dans le développement des matières premières en France. Elle a toujours pu compter sur des industriels dynamiques – du reste, nous l'avons vu, ce sont des Lyonnais qui ont créé le salon « Première Vision », même s'il est devenu « parisien » ensuite.

Au milieu des années 1980, au moment où je crée l'Agence, mon amie Micheline Alland, alors direc-trice artistique de « Première Vision », me demande de lui succéder à l'organisation du salon « Espace textile » de Lyon. Ce salon regroupait un petit nombre d'industriels, spécialistes de la « soie » (fils fins), une tradition solidement établie dans la région. À Lyon aussi, avec mon amie Clotilde Bacri, devenue entre-temps styliste tissu, et Marie-Christine Ebner, nous intervenions régulièrement au sein du musée de la Mode[1], où nous présentions des prévisions de tendances, organisions des « audiovisuels » pour aider la centaine d'industriels présents à anticiper les demandes des consommateurs. Une aventure qui durera trois décennies.

*

À la fin des années 1980, je rencontre Patrick Lecêtre, qui organisait divers petits salons de mobilier et de design à Paris. Il appréciait mon travail sur « Première Vision » et au « Salon du prêt-à-porter féminin ». Alors que je lui présentais l'un de nos forums, il me dit : « On devrait faire la même chose avec la décoration. » L'invitation était des plus séduisantes. Bien entendu, j'ai foncé. Patrick a apporté les fonds, Étienne Cochet prit la tête du salon et moi, la direction de la création. Patrick décida de regrouper tous les salons épars en un seul lieu, à Villepinte, et c'est ainsi qu'est né le salon « Maison & Objet », dont le concept est de réunir sous un même toit les différents domaines de la « maison » : mobilier, tissus, linge de maison, cuisine, arts de la table, etc., et de mettre en valeur le

---

1. Un musée malheureusement assez peu connu des Français, qui, pourtant, mérite le détour, avec ses formidables archives « tissu », où l'on vient des quatre coins du monde pour les consulter... Actuellement en cours de rénovation.

design, *via* « Scènes d'intérieur », une mini-exposition qui présentait les meilleures créations de l'année.

Dès le premier salon, le succès est là, mais il était très « franco-français ». Rapidement, avec l'Agence, nous l'ouvrons à l'international, notamment aux Japonais et aux Coréens, à qui je le présente lors de mes voyages et qui sont venus en masse le visiter lors des éditions suivantes. Le salon « Maison & Objet » est aujourd'hui une référence internationale. Une belle réussite.

Bien entendu, pendant la durée du salon, l'Agence y tenait un stand, organisait des conférences, animait des débats, des forums… et proposait des « synthèses » de ce qui était exposé. Pour ce faire, nous demandions à chaque exposant – et ils étaient nombreux – les pièces les plus « iconiques » ou les plus importantes de leur production. Nous les classions par familles de tendances, gammes de couleurs, design, etc., élaborions des cartels et les exposions dans un lieu dédié où elles étaient mises en valeur. Je vous laisse imaginer la manutention… Heureusement, j'ai toujours pu compter sur une équipe dynamique pour m'épauler, ainsi que sur mes trois enfants, Pierre-François, Delphine et Claire, que je « réquisitionnais » pendant leurs vacances et qui nous aidaient avec leur jeunesse et leur enthousiasme communicatifs. Ce travail de fond permettait aux visiteurs de voir le plus d'éléments possible, parmi les plus saillants du salon, en un minimum de temps.

*

L'association « Espace Textile de Lyon et Région »
me tient aussi à cœur. On l'oublie souvent, mais la
capitale des Gaules a joué un rôle important dans le
développement des matières premières en France. Elle
a toujours pu compter sur des industriels dynamiques
– du reste, nous l'avons vu, ce sont des Lyonnais qui
ont créé le salon « Première Vision », même s'il est
devenu « parisien » et international ensuite.

Au moment où je crée l'Agence, mon amie Micheline Alland, conseillère mode de l'Espace Textile,
débordée par le développement de « Première Vision »
dont elle assurait également la direction artistique,
me demande de lui succéder dans cette tâche. Cette
association regroupait un petit nombre d'industriels,
spécialistes de la « soie » (fils fins), une tradition solidement établie dans la région. Avec mon amie Clotilde
Bacri, grande coloriste et styliste matières, nous nous
sommes investies dans cette nouvelle aventure pendant
plusieurs années, puis Clotilde a suivi un autre chemin et, avec nos collaborateurs stylistes, nous avons
continué pendant plus de trois décennies à anticiper les
tendances adaptées au savoir-faire et au talent d'une
centaine d'industriels de cette région. Sans oublier nos
réunions ou présentations audiovisuelles qui avaient
lieu dans cet endroit magique qu'est le musée des Tissus de Lyon !

Un autre salon qui m'est particulièrement cher est le « Made in France » (MIF EXPO), voué à montrer la richesse et la créativité des entreprises de l'Hexagone et qui, chaque année, prend un peu plus d'ampleur[1] – ce dont on ne peut que se réjouir. En octobre 2012, j'étais au côté d'Arnaud Montebourg, ministre de l'Économie, du Redressement productif et du Numérique du premier gouvernement de François Hollande, quand il inaugurait la première édition du salon. Dans les travées, l'ambiance était très détendue. Arnaud Montebourg avait fait du « redressement productif » et du « made in France » son cheval de bataille pour lutter contre les crises et les délocalisations. Le salon était la concrétisation du combat pour lequel il avait tant donné de sa personne, notamment en multipliant les interventions dans les médias. Nous arrivons devant le stand du Slip Français, marque de sous-vêtements de fabrication française fondée l'année précédente par le très talentueux Guillaume Gibault et qui milite lui aussi pour la renaissance de l'industrie hexagonale. Guillaume Gibault souhaite offrir plusieurs sous-vêtements de sa collection au ministre, qui, très sollicité, est temporairement inaccessible. Il me confie alors le soin de les lui remettre dès que possible. Très surpris par ce cadeau, le ministre s'est exclamé, avec sa voix de stentor : « C'est bien la première fois qu'une femme m'offre un slip ! »

---

1. 70 exposants et 15 000 visiteurs en 2012 contre 550 exposants et 70 000 visiteurs en 2019, juste avant la crise du Covid.

17

CENTRES DE GRAVITÉ(S)

Dès les années 1975, le Japon était LE pays qu'il fallait visiter quand on travaillait dans les tendances pour trouver des sources d'inspiration. Nous allions aussi à Taiwan, à Hong Kong, mais l'endroit où tout bouillonnait était incontestablement le Japon. Le pays était très en avance dans de nombreux domaines, expérimentait beaucoup de choses et, surtout, lançait des concepts extrêmement innovants. Vous pouviez par exemple trouver des boutiques d'avant-garde qui sélectionnaient des produits sur des thématiques précises ou, au contraire, qui mélangeaient des genres très différents (comme un restaurant qui vendait aussi des vêtements). Dans certains grands magasins, chaque étage correspondait à une gamme de prix, avec une clientèle et des services spécifiques. Au rez-de-chaussée étaient proposés les produits pas chers, et plus on montait dans les étages, plus ils étaient luxueux... Un concept impensable chez nous ! Dans un environnement devenu concurrentiel entre les différents « bureaux de style », le Japon apportait une originalité, une « valeur ajoutée » indéniables.

Aux débuts de l'agence NellyRodi, notre représentant nippon était pour le moins « indélicat » sur les questions financières – comportement très rare, voire exceptionnel, dans un pays où la fidélité, l'honneur et la parole donnée ne sont pas des mots en l'air. C'est donc très en colère que je débarque en 1987 au Japon pour récupérer ce qui nous est dû. Sur place, comme par hasard, impossible de trouver notre homme... Finalement, je déjeune avec Nori Mori, son assistante, qui, en réalité, faisait tout le travail. Elle était très choquée par l'attitude de son patron. Je décide de court-circuiter l'indélicat et propose à Nori Mori d'ouvrir avec moi la toute première filiale à l'étranger de notre jeune société. Elle accepte avec enthousiasme et, petit à petit, nous récupérons les contrats qui avaient été signés. Une gageure dans un pays ou, en général, les femmes, et *a fortiori* les femmes étrangères, sans appui local, n'ont pas accès au président des entreprises japonaises...

*

J'ai beaucoup appris en visitant ce pays à la fois moderne et mystérieux. J'aimais leur façon de travailler, leur rigueur, leur côté perfectionniste, ce subtil mélange entre la modernité et la tradition. Quand je revenais en France, mes valises étaient remplies d'échantillons, d'objets en tous genres et, surtout, d'idées en pagaille. En revanche, l'anglais était peu utilisé, ce qui ne facilitait pas les échanges (traductrice indispensable !), et, le noir étant le coloris de base, il était très difficile de les intéresser aux couleurs vives.

Lors d'un de mes nombreux voyages, Jean-Jacques Picart, qui n'était pas encore l'associé de Christian Lacroix, me présente Françoise Moréchand-Nagataki, la fameuse *Gaijine*, une figure très populaire au Japon et l'une des rares Françaises qui y fit carrière. Elle deviendra par la suite la directrice des relations publiques chez Dior au Japon puis responsable de la branche cosmétique chez Chanel. Rapidement, nous devenons amies – à cette époque, les femmes françaises qui entreprenaient au Japon étaient plutôt rares – et, dans les rues de Tokyo, j'ai constaté l'immense respect qu'elle inspirait aux Japonais qui se prosternaient (littéralement) sur son passage[1].

Dans le cadre de mon travail, je suis allée un nombre incommensurable de fois au Japon. Si l'on veut s'implanter dans ce pays, il faut observer d'innombrables règles liées à la ponctualité, à la politesse, aux traditions et s'imprégner des usages – cela fait aussi partie du métier... Je n'ai jamais rencontré de problèmes particuliers avec mes clients, tous masculins, bien au contraire, ils me respectaient, parce que je respectais leurs coutumes, mais aussi grâce à ma connaissance des matières et mes compétences techniques. Ils me

---

1. En 1990, elle a publié ses mémoires sous le titre *La Gaijine, la réussite d'une Française au Japon*, aux éditions Robert Laffont.

considéraient comme une interlocutrice fiable avec laquelle ils pouvaient travailler en confiance, le travail étant une valeur fondamentale pour les Japonais. Aujourd'hui encore, l'Agence s'honore d'avoir des contrats avec des entreprises japonaises qui comptent parmi ses premières et plus anciennes clientes.

*

À la fin des années 1980, les Japonais me font découvrir la Corée du Sud. Jusqu'alors, ils en parlaient de façon plutôt dévalorisante, mais leur ton a commencé à changer progressivement. Au retour d'un voyage au Japon, je fis une escale de quelques jours à Séoul et découvris ce bien étrange pays. J'ai été surprise de voir le contraste entre la capitale – où d'importants travaux d'infrastructures ont été entrepris pour accueillir les Jeux olympiques de 1988 – et le reste du pays, encore peu développé.

Malgré une histoire terrible, les Coréens ont une curiosité féroce pour le monde, et la France en particulier. Leur résilience, leur énergie et leur volonté d'aller de l'avant sont assez extraordinaires.

Sur place, je découvre que la mode française les passionne également et que l'on peut se comprendre sur de nombreux aspects du métier. Ce qui n'est pas rien. Rapidement, je propose à Mihye Park de travailler avec nous. Elle devient notre agent à Séoul, et l'est encore aujourd'hui. Mihye Park était traductrice à Esmod, l'école de mode parisienne qui avait une

« licence » à Séoul et qui a beaucoup œuvré à la promotion de la francophonie en proposant des cours de français à ses étudiants.

En Corée, de nombreuses choses m'ont impressionnée. Tout d'abord, l'omniprésence des écrans, qui annonçait déjà le virage des Coréens vers les nouvelles technologies. À Séoul, j'ai ensuite été frappée par le nombre considérable de femmes qui dirigeaient des entreprises. Contrairement au Japon, la Corée avait été christianisée par des missionnaires français et beaucoup de ces entrepreneuses étaient catholiques. Elles avaient suivi leur cursus dans les écoles catholiques du pays. Une différence flagrante avec le Japon. Enfin, j'ai été fascinée par leur force de frappe industrielle et leur puissance commerciale. Tout cela donne un dynamisme très différent du Japon, où la modernité se conjugue avec la culture d'une forme d'artisanat au service du passé, de la mémoire et de la tradition. En Corée, la tradition est au service de la modernité et du futur. Dans leur travail, les Coréens pensent déjà à demain et à après-demain. C'est fascinant. Au fil des ans, le pays a progressé à pas de géant. De « suiveur », il est devenu « leader », développant des concepts extrêmement novateurs et inondant le monde de ses technologies, sa cuisine, ses voitures, ses *dramas* et ses chanteurs de K-pop… Une vraie « vague » coréenne. Comme on allait à Tokyo dans les années 1980 pour voir les tendances, aujourd'hui, il faut aller à Séoul pour capter « l'air du temps ». *Sic transit gloria mundi.*

*

Les centres de gravité des tendances ont progressivement changé et se sont multipliés. Si le Japon reste important à mes yeux, il est de plus en plus concurrencé par ses voisins asiatiques. Par la Corée, comme nous venons de le voir, mais aussi par la Chine, même si la crise du Covid-19 a temporairement modifié la donne. Le pays est tellement immense, la population si importante et les disparités tout autant monumentales qu'il est difficile de faire des généralités. Néanmoins, il est indéniable que la Chine fait partie des pays qui « comptent » dans le monde des tendances grâce à une nouvelle génération de designers talentueux, comme Uma Wang, Ruohan, Ruirui Deng, et au développement des nouvelles technologies (la plupart des entreprises japonaises délocalisent leur production en Chine actuellement). Désormais, Shanghai et Pékin sont des laboratoires d'inspiration puissants dans le domaine de la distribution physique et numérique.

Parmi les pays qui feront les tendances dans les années à venir, on peut citer ceux du sous-continent latino-américain. En soi, cela n'est pas étonnant. L'Amérique latine est très présente culturellement et historiquement dans nos sociétés. Le Pérou et le Brésil ont chacun un « patrimoine textile » très important. Le Pérou est le premier producteur d'alpaga, une laine de lamas de grande qualité, et le savoir-faire « textile » des acteurs du secteur est impressionnant. Le Brésil est un pays jeune, dynamique et très créatif, qui compte de nombreux fabricants, designers, *concept stores* formidables. Le pays, d'une grande richesse culturelle, est aussi un choc visuel : les bâtiments anciens de Rio de Janeiro contrastent avec les lignes droites et les bâtiments futuristes de Brasilia, ville à l'architecture extraordinaire, mais quelque peu déroutante.

Dans les années 1980, je suis allée au Mexique pour le compte d'une entreprise de fibres synthétiques. La richesse et la vitalité artistiques du pays m'ont éblouie. Bien sûr, j'en ai profité pour visiter la maison de Frida Kahlo. J'y ai été fortement marquée par la beauté de ses œuvres, le foisonnement des motifs et des couleurs. Le musée est installé dans la maison du peintre et nous déambulons dans son quotidien, entre ses meubles, près de son lit… Très émouvant. À Mexico, j'ai également visité quelques galeries d'art qui présentaient des pièces d'avant-garde impressionnantes.

Depuis quelques années, nous assistons à l'éclosion d'une véritable *Mexicanidad* dans de nombreux domaines. Vincent Grégoire, qui s'est rendu récemment dans le pays, nous livre son analyse du phénomène : « Il peut s'expliquer par le contexte historique et politique du pays lié à l'attitude peu conciliante de leur puissant voisin. En réaction à cet état de fait, les Mexicains ont créé une sorte de "fierté mexicaine", un contre-pouvoir culturel grâce à un imaginaire et un art de vivre très fort qui irrigue différents pans de la société. Cette "nouvelle identité mexicaine" se veut festive, mais conquérante. Cela ne veut pas dire que c'est l'anarchie ou le grand n'importe quoi. Les Mexicains aiment l'ordre et la méritocratie est une vertu cardinale pour eux. Contrairement aux "vagues" mexicaines précédentes qui mettaient en avant la cuisine et quelques chansons à succès, cette *Mexicanidad* aborde de nombreux aspects de la société. On la trouve dans les arts (Frida Kahlo[1]), la cuisine (tex-mex), la langue (l'espagnol deviendra la première langue parlée aux États-Unis dans les années 2050), la musique (des tubes planétaires comme *Bésame mucho* ou *La bamba* à la pop et au rap), glorification des entrepreneurs de la communauté qui réussissent (Carlos Slim est l'un des hommes les plus riches du monde), ainsi que le rapport à la mort (*La Santa Muerte* – pour les Mexicains, la mort est aussi une fête !). Même la colonisation espagnole est analysée différemment. Certes, elle reste un drame humain et culturel mais, dans l'esprit de certains Mexicains, elle a aussi permis un métissage fructueux. Ils ont transformé ce désastre en épreuve de force et jouent sur les clichés. Ils veulent "monter en gamme" dans de nombreux domaines en capitalisant sur une forme d'optimisme. Ils ont des choses à dire et à faire, et sont bien décidés à y arriver. Cela ne veut pas dire que le pays n'a pas de problèmes structurels, loin de

---

1. Du 15 septembre 2022 au 5 mars 2023, le palais Galliera a organisé une exposition « Frida Kahlo » de plus de deux cents pièces provenant de la maison de naissance de l'artiste. En mai 2023, Christian Dior a présenté une sublime « collection croisière » à Mexico, en hommage à la vie et à l'œuvre de Frida Kahlo qui ont grandement inspiré les créations.

là. Mais les Mexicains ont une volonté de les surmonter et de montrer une autre facette de leur pays. Un pays à suivre. »

*

À l'opposé du globe, les pays scandinaves sont également très tendance actuellement. Déjà, au début des années 1980, quand je visitais des entreprises à Copenhague ou à Stockholm, j'étais fascinée par leurs usines d'avant-garde. La cantine était bio et le bien-être du salarié un souci constant (horaires aménagés, crèche au sein de l'entreprise, réduction de l'empreinte carbone, etc.). Tous ces sujets, si actuels, étaient évoqués depuis longtemps et les aménagements des postes de travail efficients. Les Scandinaves portaient bien avant tout le monde des vêtements *sportswear* au quotidien : fuseau de ski par exemple, mais aussi parkas, doudounes, dans des gammes de couleurs utilisées dans le prêt-à-porter...

J'ai aimé chez eux la rigueur dans leur travail et le minimalisme de leurs créations – *Less is more* (« moins, c'est mieux ») est une formule que l'on entend souvent. Pour les Scandinaves, le fonctionnel prime, ce qui n'exclut pas la beauté.

Ils ont irrigué nos sociétés de concepts nouveaux. L'arrivée du Suédois Ikea en France a complètement bouleversé le marché du mobilier, en véhiculant l'esprit naturel (*exit* la commode de nos grands-parents !), ainsi que notre mode de consommation. Ce sont eux

171

qui ont familiarisé les Français avec les « parcours » imposés dans les magasins, qui invitent, voire obligent les visiteurs à passer par tous les rayons (idée reprise par d'autres enseignes depuis). Ils ont également innové en implantant des restaurants dans leurs magasins, une idée qui nous semblait complètement incongrue avant... Quand ils se développent à l'étranger, ils avancent méthodiquement. Ils sont fiers de leurs productions et leur style est facilement reconnaissable.

Aujourd'hui, le *hygge*, l'art de vivre danois, est très tendance. Une philosophie minimaliste du quotidien qui consiste à profiter des plaisirs de la vie et du moment présent avec ses amis et sa famille. Habitués à vivre dans des climats rigoureux, les Scandinaves aiment passer du temps chez eux et recevoir. Quitte à rester enfermé à la maison, autant avoir un intérieur convivial et confortable... Ces pays deviennent également des destinations privilégiées pour un public en quête de simplicité, qui souhaite revenir à l'essentiel et vivre des expériences rares et inédites. Beaucoup de ces pays étant inhabités, ces aspirations se doublent d'une expérience spirituelle, d'un retour sur soi...

*

Les pays du golfe Persique sont en train d'émerger fortement dans le domaine des tendances. Comme le souligne à nouveau Vincent Grégoire : « Les Émirats arabes unis, le Qatar et l'Arabie saoudite cherchent des relais de croissance pour préparer "l'après-pétrole".

Cela passe par une mise en valeur de leur patrimoine archéologique préislamique (Arabie saoudite) ; de leur patrimoine écologique (sultanat d'Oman) ; l'organisation d'événements sportifs internationaux (Coupe du monde de football au Qatar) ; en créant des musées (Louvre d'Abu Dhabi) ; ou en faisant surgir des villes du néant (projet "Neom" en Arabie saoudite). Aujourd'hui, ces pays sont en quête de "nouveaux imaginaires", de "nouvelles visions", et conçoivent des expériences visuelles grandioses grâce aux réalités augmentées. Le numérique est doublé d'une culture de l'*entertainment* et du spectaculaire. Pour l'instant, ce mouvement ne concerne qu'une certaine élite, mais il est en train de gagner le grand nombre, grâce à des moyens financiers quasiment illimités. » Là aussi, des pays à suivre.

18

WEAR GAMES...

Au début des années 1970, Adidas avait réalisé une campagne d'affichage publicitaire sur laquelle on pouvait voir, côte à côte, une paire de sneakers, un survêtement plié et un anorak, surmontés du slogan : « Les vêtements du dimanche ». La campagne publicitaire n'était pas passée inaperçue et, d'une certaine façon, avait fait scandale, car, à l'époque, en France, les « vêtements du dimanche » étaient réservés à la messe et aux festivités importantes. Il aurait paru incongru que l'on se promène dans une telle tenue un dimanche... La publicité avait quarante ans d'avance sur la société...

*

Dans les années 1960 éclôt le nouveau concept de confort dans les vêtements. Le phénomène est d'abord apparu avec les pulls en maille de Sonia Rykiel. La maille, cette matière souple et extensible, permettait à la créatrice d'obtenir des vêtements confortables.

À la même époque, André Courrèges imagine un justaucorps en maille d'une seule pièce – des chevilles jusqu'au cou – qui offrait une aisance assez extraordinaire, à la fois près du corps et suivant ses mouvements. La mise au point de l'élasthanne, nouvelle matière synthétique élastique, conféra aux vêtements plus de souplesse dans leur usage quotidien.

Les années 1970 verront l'émergence du *casual*, d'abord aux États-Unis, sous l'impulsion de Ralph Lauren (1967), Calvin Klein (1968), Tommy Hilfiger (1985), puis en France, sous celle de René Lacoste, dont la marque fondée en 1933 lancera le mouvement[1]. La pratique sportive influencera beaucoup cette nouvelle tendance. Le *casual*, que l'on pourrait traduire par « détendu chic », est une façon plus « décontractée » de s'habiller, en mixant vêtements de ville et certains vêtements issus du monde du sport, comme le ski, l'équitation, le polo, le golf, le tennis et les sports nautiques. Cette mode, d'abord réservée aux week-ends et aux vacances, va progressivement entrer dans l'entreprise *via* le *Friday Wear*, la dernière journée de travail de la semaine où les cadres pouvaient temporairement abandonner

---

1. En 1923, René Lacoste, jeune prodige du tennis français – il avait dix-neuf ans –, était à Boston pour disputer un match de la Coupe Davis. Dans la vitrine d'un magasin, il s'arrêta longuement sur une belle valise en cuir de crocodile. Le capitaine de l'équipe de France lui proposa de la lui offrir s'il remportait le match à venir, annoncé comme difficile. Il savait que Lacoste aimait les défis. René Lacoste a perdu, mais sa ténacité sur le court lui vaudra d'être surnommé le « crocodile » par un journaliste américain... La suite est connue.

le costume-cravate pour une tenue plus *relax*, type polo et chino beige.

Dans les années 1980, le consommateur prend conscience de son corps et de l'importance des soins qu'il faut lui prodiguer. Le « culte du corps » prend de l'ampleur dans nos sociétés occidentales, les habitudes alimentaires évoluent, les silhouettes s'affinent, les corps se musclent. De nouvelles coupes apparaissent et des matières innovantes, résistantes à l'eau ou extensibles (lycra), se généralisent. Contrairement au *casual* issu d'une certaine élite, le *sportswear* et le *workwear* viennent de la rue. Le phénomène commence dans les années 1980-1990, quand le sportswear quitte progressivement les stades pour entrer dans les vestiaires, dans des versions revues et corrigées. Même chose pour les « chaussures de tennis à lacets » qui se transforment profondément pour devenir des *sneakers*. Les vêtements des grandes marques, comme Puma (1948), Adidas (1949) et Nike (1964) pour ne citer que les principales, sont portés au quotidien, pour les loisirs et le travail aussi bien que pour les activités sportives.

Au début des années 1990, à l'Agence, nous pressentons ces nouveaux besoins liés au « corps » et organisons pour nos clients, dans un hôtel particulier du Marais loué pour l'occasion, une grande exposition sur l'interpénétration des vêtements de ville et le sportswear qui s'annonce. Parmi les vêtements exposés, le short cycliste, la gibecière de coursier et les *leggings* feront leur entrée dans le dressing des Français.

Nous pressentons également l'usage au quotidien des *sneakers* jusque-là réservés à la pratique sportive, qui répond à une envie de s'ancrer au sol mais aussi de rebondir, de « s'élever ». Les chaussures de sport deviennent de plus en plus sophistiquées grâce à une technologie très complexe et permettent littéralement de survoler l'asphalte... Les accessoires empruntent le même chemin que les vêtements, notamment le « sac banane » prisé des randonneurs ou encore le sac à dos, à l'origine utilisé par les campeurs et repris par les coursiers new-yorkais. Redessinés et adaptés pour un usage de tous les jours, ils deviennent accessoires de mode. Aujourd'hui, le sportswear et le *streetwear* ont quasiment fusionné. Des marques anciennes et « techniques » comme Fusalp ou Pyrenex ont développé des collections. Mieux, l'industrie du luxe récupère les codes et la mythologie du sportswear, employant des matières plus « haut de gamme » et pratiquant des tarifs plus élevés, qui remportent un franc succès.

*

L'arrivée du *workwear* dans les vestiaires est plus récente. Ces vêtements de travail, popularisés par la généralisation du *denim* par le *blue-jean* – qui, rappelons-le, était à l'origine un vêtement de travail –, avaient une fonction précise, liée à un métier, et étaient souvent « protecteurs » (à l'image de la salopette qui protège les vêtements des projections). Ils avaient en commun d'être taillés dans un tissu le plus

solide possible, d'une grande robustesse à l'usage (sur-
piqûres, rivets, genoux renforcés, etc.) et au lavage,
ainsi que celui d'être pratiques (multipoches, attache-
marteau). En Bretagne, la vareuse de marin était faite
avec la toile des voiles. Si les vêtements *workwear*
sont populaires aujourd'hui, c'est grâce à leur authen-
ticité et aux valeurs qu'ils véhiculent. Ils sont porteurs
de la mémoire des métiers, d'une certaine tradition et
donc moins soumis à la mode. Comme ils résistent
mieux aux usages du temps, ils sont davantage *planet
friendly*. Bien entendu, les vêtements commercialisés
aujourd'hui sont des versions revues et corrigées des
« vrais » vêtements de travail, ce qui n'empêche pas
certaines marques comme Carhartt, Caterpillar ou
encore Dickies de devenir des classiques de nos vestiaires.

*

Les tenues militaires ont également influencé le
monde de la mode. Dans les années 1970, nombre de
hippies s'habillaient en uniformes issus des « surplus
américains » qu'ils achetaient à bas prix. Quelque peu
détournés de leur fonction d'origine, ces vêtements
offraient l'intérêt d'être solides, mais aussi très pratiques, avec leurs nombreuses poches. Dans un genre
quelque peu différent, on a tous en mémoire l'arrivée
de Brigitte Bardot à l'Élysée en 1967, en pantalon noir
et longue tunique chargée de galons et brandebourgs,
alors que la « tenue de rigueur » pour les dames était

la robe ce soir-là. Accueillie par le général de Gaulle, ce dernier, amusé par la tenue de « BB », aurait murmuré à l'oreille de son plus proche conseiller : « Je crois que nous avons un officier de plus dans l'armée française ! »

Parmi les vêtements d'origine militaire les plus iconiques devenus des classiques de la mode, on peut citer, bien évidemment, la marinière, dont les règles, très strictes, avaient été fixées par un décret du 27 mars 1858. Les rayures, au nombre de vingt et un – soit celui des victoires napoléoniennes – et larges de dix millimètres, permettaient, paraît-il, de repérer un homme tombé dans la mer. Jean-Paul Gaultier en a fait un classique de sa maison, et elle est réinterprétée en permanence par de nombreux créateurs.

Autre grand classique du vêtement militaire, le *trench-coat*, dont le premier modèle aurait été dessiné par Thomas Burberry en 1914 pour répondre à la commande par l'armée anglaise d'un manteau imperméable. Pour créer le « manteau des tranchées », le couturier anglais reprend le design des anciens manteaux des officiers britanniques et y rajoute des épaulettes et des anneaux en métal. Ce vêtement sera immortalisé au cinéma par Catherine Deneuve dans *Les Parapluies de Cherbourg* en 1964 et est aujourd'hui décliné dans des coupes et des couleurs nettement moins « militaires » que le modèle original…

De nos jours, l'uniforme (hors armée, police et gendarmerie) est surtout l'affaire de grandes entreprises publiques comme la SNCF (la tenue de ses agents a

Création Bretagne Brest 96 : vaisselles créées par NR
et produites par La Faïencerie de Gien ; mes trois enfants
Delphine, Pierre-François et Claire ; dessin par Hippolyte
Romain ; tous les industriels bretons réunis pour présenter
leurs produits sur un trois-mâts.

1) ATELIERS D'ART JOEL 2) BROCHOT 3) CONDEROUX 4) CREPIN PETIT 5) GOEPFER

CONCEPT NELLY RODI

Quelques exemples de « cahiers de tendances » réalisés en 1994, pour la saison hiver 96/97 lingerie, accessoires boutons, couleurs et harmonies suggérées.

Extrait d'un guide de tendances « Meubles » réalisé en 1986.

N é o   5 0
Les   canapés

MODERNITÉ

Les canapés : Rondeur des formes, volumes enveloppants. Piètements cylindriques. L'arc de cercle ou caractéristique tant pour les assises que pour les dossiers. La cuir ou capitonné. Toujours des détails de mobilier pour les tabletes développer pour les tôtes de lits. Tables basses et guéridons : Tables gigognes qui mélangent les formes de plateaux. Des formes similaires sont arrondi « aile d'avion ». Plateaux mobiles sur structures fixes. Plateaux de tables basses à profil en sifflet.

Extraits d'un cahier de tendances « Filature » illustrant les différents fils à réaliser pour la saison automne-hiver 96/97.

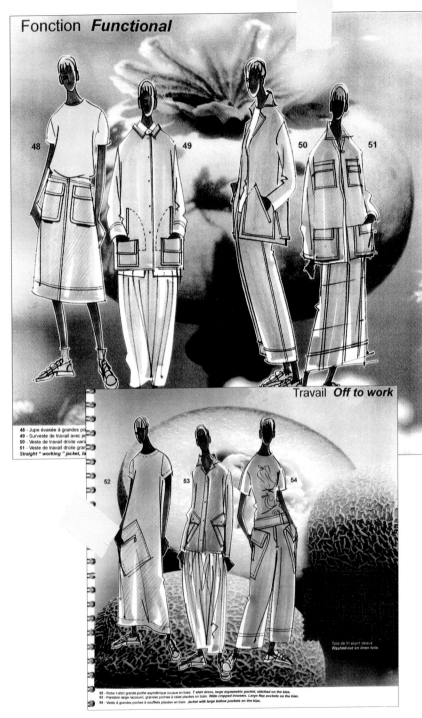

Fonction *Functional*

48

49

50

51

Travail *Off to work*

48 - Jupe évasée à grandes po
49 - Surveste de travail avec je
50 - Veste de travail droite vari
51 - Veste de travail droite gran
Straight " working " jacket, la

52

53

54

52 - Robe t-shirt grande poche asymétrique cousue en biais. *T shirt dress, large asymmetric pocket, stitched on the bias.*
53 - Pantalon large raccourci, grandes poches à rabat placées en biais. *Wide cropped trousers. Large flap pockets on the bias.*
54 - Veste à grandes poches à soufflets placées en biais. *Jacket with large bellow pockets on the bias.*

Toile de lin esprit délavé
Washed-out en linen toile.

Extraits du cahier « Prêt à porter » saison été 2000, réalisé en 1998.
À droite, focus sur les effets artisanaux, crochets, dentelles...

80 - T-shirt " chaussette ", jupe droite à motifs en dentelle placé.
" Sock " T shirt. Straight skirt with placed lace patterns.
81 - Longue robe près du corps, motifs découpés placés.
Long body-clinging dress. Placed cut-out motifs.

80

81

L'esprit de la dentelle modernisée.
Modernizing lace.

Ajouré.

Esprit fait main **Handmade look**

78

79

Le travail complexe du crochet,
entre artisan et art.
**Crochet - a complex combination
of art and craft work.**

78 - Tunique fendue façon gilet sur jupe fluide.
Slit mesh tunic over a flowing skirt.
77 - Tunique longue - côte de maille " à fines bretelles
Long 'knit' tunic with thin straps.

nr 1: Yellow Oak. Chêne jaune

nr 2: Elm. Orme

nr 3: Acacia. Acacia

nr 4: Snakewood. Amourette

nr 5: Wild Cherry. Merisier

RS

DISTANT HORIZ
HORIZONS LOINTAINS

Authentic vegeta
echo the grea
Hand-dyed indigo
steer us onto the
Mexico.

Des fond
et mond
espaces. T
au ocre s
désertiq

Cactus. Cactus bleu

nim. Denim

Tumbleweed. Tumbleweed

Extraits du cahier de tendances « NR Couleurs Été 2024 »,
autour de gammes « terres et cieux exotiques ».

Demain est déjà là! Merci à Cécile Rosentrauch, notre directrice de création, pour ces images inspirationelles pour maquillage, réalisées par l'intelligence artificielle à partir de quelques mots fournis.

⟨N⟩R⟩ NellyRodi™

été conçue et dessinée à l'Agence), la RATP, La Poste, ou encore de compagnies aériennes, qui veulent que leurs agents soient immédiatement identifiables par les usagers. On est à mi-chemin entre le vêtement de travail et l'uniforme (décliné selon les hiérarchies et les grades). La plupart font travailler de grands couturiers qui conçoivent des vêtements beaux, élégants, fonctionnels et résistants.

19

ÉCHOS…

Il n'est pas rare d'entendre que notre métier ne « sert à rien » et que nous vendons de la « poudre de perlimpinpin » à nos clients. La meilleure des réponses à donner à ce genre d'affirmations est l'existence, et la pérennité même, de nos agences… Si, depuis quarante ans, notre expertise ne servait à rien, il y a longtemps que l'on aurait mis la clef sous la porte. Nos clients ne sont pas des adeptes sadomasochistes, bien au contraire, ils attendent un retour sur investissement et un développement de leur chiffre d'affaires. En faisant appel à nous, les marques ont la certitude d'avoir un partenaire qui les accompagnera dans les évolutions de l'industrie et de la société pour leur permettre de rester pertinentes. À la décharge de nos contradicteurs, il est vrai que nous produisons beaucoup d'« immatériel » (du conseil principalement) si l'on excepte les *Cahiers de tendances*, qui ne sont pas en vente libre mais réservés à nos clients. De plus, nous travaillons dans l'ombre des créateurs et des marques, ce qui rend notre activité difficile parfois à expliquer ou à comprendre.

Se passer de prospective peut être un pari dangereux pour l'avenir de la marque ou de l'entreprise. Les besoins des consommateurs changent en permanence et rapidement, et les relais d'influence sont de plus en plus nombreux et fragmentés. Les études des bureaux de style aident à mieux se repérer dans ce brouillard. Les annales de la mode sont remplies de ces marques qui, pour des raisons diverses, ne se sont pas adaptées aux évolutions de la société, ou ne l'ont pas voulu, n'ont pas capté les nouvelles tendances ainsi que les nouveaux besoins des consommateurs et se sont un peu trop reposées sur leurs lauriers. Sur un marché de plus en plus changeant, elles se retrouvent concurrencées par de plus petites qu'elles, mais plus ambitieuses, plus créatives et, surtout, plus audacieuses. En général, soit elles disparaissent, soit elles se font racheter ; certaines parviennent à survivre, mais le retard accumulé nécessite de redoubler d'efforts.

Se priver de prospective est risqué, même si nous ne pouvons pas tout prévoir. Les *Cahiers de tendances* ne remplacent pas les créateurs. Mais ils peuvent les inspirer. C'est une impulsion qui ne fait pas tout. Au quotidien, il y a des impondérables et des incertitudes. Dans les années 1970, pour une chaîne de grands magasins, nous avions mis en avant toute une gamme de vêtements dans le style « Brigitte Bardot », dont des robes vichy rose et blanc. Malheureusement, cette année-là, la météo estivale a été épouvantable et les ventes n'ont pas été au rendez-vous... Plus près de nous, qui aurait pu prévoir l'épidémie de Covid-19 ? La guerre en Ukraine ? Personne.

*

Il est une autre remarque qu'il n'est pas rare d'entendre : « De toute façon, la mode n'est qu'un éternel recommencement. » Cette assertion n'est pas complètement fausse, mais pas totalement vraie non plus. Et mérite une petite explication.

En matière de tendances, il y a plusieurs choses que l'on doit garder en mémoire. La première est la phrase : « Il ne faut jamais dire jamais. » Fondamentalement, tout peut revenir « à la mode ». Nous vivons dans un pays de vaste culture et de grande histoire, au patrimoine culturel considérable où le passé est omniprésent et peut insuffler des idées nouvelles. Dans les milieux créatifs, le dicton « du passé faisons table rase » n'a pas cours. Bien au contraire, des créatifs s'inspirent du passé pour se projeter dans le futur. En soi, le phénomène n'est pas nouveau... Déjà, dans les années 1930, on organisait des fêtes qui empruntaient certains codes du XVIIIe siècle. La deuxième chose qui peut expliquer cette impression de *revival* de la mode est une question de *perception*. Si, par exemple, nous entendons : « Tiens, le vert est de retour cette année ! », cela veut-il dire que le vert avait disparu ? Non. Seulement que personne

185

n'y prêtait attention jusqu'à ce qu'on l'utilise plus que d'habitude. Nous avons alors le sentiment que le vert devient omniprésent... C'est pareil pour les années 1980 ou 1990. Elles sont toujours présentes dans notre environnement mais de façon subliminale, jusqu'à être plus *visibles* au quotidien, que ce soit dans la musique, la mode ou le design qui les remettent au goût du jour. Chaque époque revient à la mode à un moment donné, mais le visage que prend cette résurgence ne cesse de changer. Rien ne se duplique, tout est évolution.

*

Concrètement, nous avons l'impression de revivre des périodes qui nous semblent familières, mais ces « retours vers le futur » sont toujours différents. Prenons, par exemple, le cas du « sac banane ». Cette pochette avait été mise au point dans les années 1980 pour les randonneurs puis adoptée par le grand public dans les années 1990. Par la suite, cet accessoire est devenu « ringard » et a progressivement disparu. Depuis quelques temps, nous assistons à son retour, mais il n'a plus rien à voir avec l'original. Aujourd'hui, il est toujours aussi pratique, mais relooké et façonné dans de nouvelles matières et des couleurs plus actuelles. Ce qui explique son succès. On peut donc conclure que, oui, la mode est un « éternel recommencement », mais jamais exactement identique... Il faut recontextualiser

les choses et, *in fine*, se poser la seule bonne question :
« Pourquoi cela revient ? »

La première cause de ce « retour » est liée aux différentes crises politiques, économiques et écologiques qui secouent régulièrement notre société. Depuis quarante ans, toutes les décennies ont commencé par de tels épisodes. Au début des années 1980 : crise économique liée au choc pétrolier et l'arrivée du sida. Les années 1990 : chute du mur de Berlin et effondrement du bloc de l'Est. Les années 2000 : explosion de la bulle Internet et attentats du 11 Septembre. Les années 2010 : subprimes. Enfin, au début des années 2020 : Covid... Que nous réservent les premières années de la décennie 2030 ?... Mystère !

En réaction, nous voyons émerger une forme de nostalgie. On craint l'avenir et on a besoin de se rassurer. Ces phénomènes sont liés à des périodes d'incertitudes et de doutes, surtout quand le progrès inquiète et quand la projection dans le futur est plus compliquée. Intellectuellement, c'est assez paresseux, mais cela fonctionne. C'est ce que nous appelons la « doudounisation » de la société comme le résume si bien Vincent Grégoire, le directeur Tendances et perspectives de consommation de l'Agence. Nous nous accrochons à des choses connues (ou supposées telles) qui nous rassurent au quotidien. On refuse le « saut dans l'inconnu ».

Il y a toujours eu dans l'histoire des périodes d'accélération, les « Trente Glorieuses » par exemple, de 1945 à 1975, suivies d'une période de décélération, les « Trente Piteuses », de 1975 à 2005. En ces premières années de la décennie 2020, la situation politique et économique est très compliquée car les accélérations et décélérations s'entrechoquent. Les enjeux se superposent (Covid, guerre en Ukraine, crise écologique, terrorisme) et l'on n'en voit pas le bout.

L'avantage, si l'on peut dire, de ces *revivals* est qu'ils nous encouragent à nous plonger – avec délice – dans les archives textiles. Découvrir, redécouvrir, toucher des formes ou des matières anciennes sont des sources d'inspiration formidables pour les créations contemporaines. Elles peuvent être réinventées, recolorées, recoupées à l'infini et donner des résultats très différents de l'original. Contrairement à ce que d'aucuns pensent, les réinterprétations stimulent la créativité et favorisent l'exploration, voire l'expérimentation, par des « collections capsules », des concepts et des idées nouvelles. Le passé est une idée neuve !

L'autre grande originalité de ces « retours » est qu'ils sont orchestrés, en général, par des créateurs qui n'ont pas connu la période reconvoquée et qui n'en retiennent que les traits les plus saillants. Ce qui ressort, par exemple, des années 1980, le message subliminal qui nous est envoyé est celui d'une décennie festive et de liberté créative. Ce n'est pas complètement faux, mais, comme chaque époque a son originalité, ces années ont également leur part d'ombre : crise économique bien présente, chômage

au plus haut, sida qui fait des ravages, particulièrement dans les milieux de la mode et de la création.

En conclusion, on peut dire que ces « retours » nous
en apprennent plus sur nous-mêmes que sur l'époque
qu'ils sont censés ressusciter...

20

EXTENSION DU DOMAINE
DES INDUSTRIES CRÉATIVES

Au milieu des années 2000, à l'Agence, je reçois un bien étrange appel téléphonique. C'était le chef Alain Senderens – trois étoiles au *Guide Michelin* – qui voulait me rencontrer... Rendez-vous est pris et, quelques jours plus tard, avec deux collaborateurs, nous nous retrouvons chez Lucas-Carton, son restaurant, *sis* place de la Madeleine dans le VIIIe arrondissement de Paris. La discussion s'engage rapidement : « J'approche de la retraite, il va falloir que je songe à me retirer. J'aimerais moderniser notre décoration "Art nouveau", ma femme apprécie ce que vous faites à "Maison & Objet", pouvez-vous réfléchir avec moi et faire évoluer ce restaurant ? » Au cours de la conversation, Alain Senderens m'explique les subtilités qu'imposent ces fameuses « étoiles » auprès des clients. Bien sûr la qualité de la cuisine et des produits, mais aussi les exigences sur le nombre de serveurs, l'aspect des nappes qui doivent être repassées tous les matins avec des fers à l'ancienne pour effacer les pliures, la cave à vin d'exception, les bouquets de fleurs renouvelés tous les jours, la mise en place des tables, etc. Tout un décorum.

La discussion se passe dans une bonne ambiance. Les idées fusent, le courant passe et nous nous découvrons des intérêts communs, notamment une passion pour le Japon. À la fin de la discussion, Alain Senderens nous demande de lui faire une proposition stratégique et financière pour rénover son restaurant. Je n'avais jamais travaillé sur un tel projet, et le défi m'enthousiasme clairement ! Dès le premier rendez-vous, nous avions repéré de nombreux éléments qui étaient en décalage avec les nouvelles habitudes des consommateurs. Lucas-Carton était une « belle endormie » ! Un restaurant « bourgeois » à l'atmosphère un peu compassée et aux pratiques ampoulées d'un autre temps. C'était aussi le genre de restaurant où l'on pouvait passer des heures à table. Une grande tradition française, certes, mais plus guère adaptée aux chefs d'entreprise ou aux cadres du quartier qui cherchaient un service haut de gamme plus moderne, et surtout plus rapide… Je sens le potentiel. Toutefois, la transformation risque d'être si radicale que je préfère avertir Alain Senderens et savoir s'il est prêt à ce changement, quitte à perdre ses précieuses étoiles…

*

De retour à l'Agence, nous proposons des recommandations et lançons un « appel à projets » auprès de plusieurs architectes designers. C'est finalement

Noé Duchaufour-Lawrance qui est sélectionné. Le décor Majorelle – classé – est préservé et modernisé par l'ajout d'éclairages. Nous choisissons des assises plus contemporaines et supprimons les nappes pour les remplacer par des sets. Alain Senderens et son chef retravaillent toutes les recettes avec des produits de qualité, mais moins luxueux qu'avant. La carte est allégée et modernisée, et il en va de même pour celle des vins, trop lourde à gérer. À l'étage, un restaurant baptisé Le Cercle propose une ambiance « brasserie chic » avec une carte plus simple et un service plus rapide pour la clientèle pressée. Nous choisissons une nouvelle attachée de presse, Sylvie Grumbach, connue pour son réseau dans les industries de la mode et très éloignée du monde de la gastronomie. En complément, nous développons des licences pour la marque « Alain Senderens » avec des industriels de l'agroalimentaire et Alain conçoit et signe également la carte d'autres restaurants d'hôtels.

Alain Senderens approuve le projet et annonce à la presse la fermeture de son restaurant, les changements à venir et l'abandon de ses étoiles. Entre le premier rendez-vous et l'inauguration du restaurant « relooké », il s'est écoulé un an de travail intense et de chantier pendant lequel Alain m'appelait tous les matins à 9 heures précises pour faire le point... En 2007, à la réouverture de Lucas-Carton, le succès est immédiat. Le restaurant plaît à une nouvelle clientèle et ne désemplit pas. Tout le monde est satisfait du résultat... sauf les associés minoritaires d'Alain

Senderens, qui espéraient racheter le restaurant à bas prix… Et qui me feront connaître leur mécontentement d'une manière fort peu élégante !

*

Aujourd'hui, les tendances ne se limitent pas à la mode et il est devenu très courant pour nous de travailler dans des domaines plus divers : bijouterie, téléphonie mobile (packaging et évolutions des besoins des consommateurs), hôtellerie (décoration des chambres, définition de l'ambiance générale), sport (produits dérivés d'un grand club de football ou d'un tournoi de tennis), etc. L'agroalimentaire prend également de plus en plus de place dans nos activités et nous avons récemment conseillé une grande marque de cognac.

Avec la société Lipton, nous avons participé au lancement de leur nouveau sachet « pyramidal » en réalisant, dans les années 1990, un *Cahier de tendances* toujours d'actualité. Dans ces mêmes années, j'ai été mandatée par les éponges Spontex pour transformer ce « basique » des cuisines en objet d'art. Nous avions gardé son côté fonctionnel tout en lui apportant de la beauté, de la couleur et de la fantaisie. Même les éponges peuvent devenir tendance !

Depuis quelques années, l'industrie du divertissement s'investit, elle aussi, dans le domaine créatif et nous invite à intervenir dans des parcs d'attractions, des plates-formes audiovisuelles (évolutions sociétales), des éditeurs de jeux vidéo (design des costumes). Récemment, nous avons eu l'occasion de travailler sur des films ou des séries télévisées. Sous la forme d'ateliers, notre expertise consiste à rendre plus denses et plus crédibles les scénarios en aidant les scénaristes à mieux comprendre les enjeux du secteur dans lequel se déroule la fiction, mieux appréhender ce que sera le présent dans les épisodes souvent filmés bien avant leur diffusion, comment le personnage va évoluer dans la série, son décor, etc.

21

BREIZH GLAMOUR

Dans ma vie, j'ai eu la chance de rencontrer un homme formidable, Jean-Michel, le père de mes enfants. Dans cette grande aventure, il a été mon roc, mon phare, mon point de repère, mon sauveur aussi dans les moments de tempête... Je lui dois beaucoup et ne lui connais qu'un seul défaut, celui d'être breton ! Et un vrai en plus, un bretonnant !

En me mariant avec Jean-Michel Le Louët, j'ai également épousé la Bretagne. Avec lui, au fil des ans, j'ai découvert une région de grande culture, un riche patrimoine et des gens formidables. Avec le temps, notre maison dans le Finistère est devenue un lieu de vacances pour la famille, mais aussi un indispensable havre de paix où l'on peut se ressourcer. Le Finistère est aussi une terre qui m'inspire beaucoup. J'aime la puissance de la nature, la force des marées et la sérénité qu'apporte l'horizon marin.

En évoquant la Bretagne, je ne peux oublier de mentionner le navigateur Éric Tabarly et sa femme Jacqueline, rapidement devenus des amis. Dans la vie,

Éric était un grand « taiseux ». Il pouvait rester de longs moments assis sur le petit muret de notre maison, à contempler la mer, sans dire un mot et, puis, soudainement, rompre le silence : « Le vent tourne », et c'était tout. Dans l'intimité, en revanche, il était intarissable et drôle. Avec lui, nous avons eu des discussions et des échanges passionnants... À la fin de nos dîners, nous reprenions avec lui des chansons de marins ! C'était un être exceptionnel. Toute son existence gravitait autour de l'océan et de sa famille.

Quand ils parlent de leur pays, les Bretons disent souvent « *armor et argoat* ». Avec Jean-Michel j'ai découvert l'*argoat*, la *terre* bretonne. Éric Tabarly, lui, m'a ouverte sur l'*armor*, ce peuple de marins au long cours, d'aventuriers, de pêcheurs, sur toute la mythologie marine qui constitue l'autre versant de la culture du pays.

*

Au soir de ma vie, je peux dire que trois pays m'ont profondément influencée. Le premier est l'Algérie de mon enfance, avec la lumière, la mer..., le deuxième est le Japon, le « pays qui va à l'essentiel », et le troisième la Bretagne, au « potentiel visuel » inestimable et à la spiritualité si forte.

Le naturel reprenant rapidement le dessus, je me suis rendu compte que le patrimoine breton était sous-exploité. Les gens étaient assis sur un trésor et ils ne le savaient pas. Déjà, dans les années 1930, le

mouvement d'artistes « *Seiz Breur* » (« Sept frères »)
avait eu l'ambition de moderniser les arts décoratifs. Plus tard, dans les années 1970, il y a eu une
« renaissance bretonne » qui irriguait culturellement la
société avec des chanteurs à succès et des vêtements
iconiques ; mais, dans l'ensemble, ces initiatives res-
taient très locales.

Beaucoup pensent que le régionalisme breton se
limite à la marinière et au bol en faïence alors que,
sur place, derrière les clichés, il y a des capitaines
d'entreprises influents, une industrie puissante et
moderne, une main-d'œuvre compétente et motivée,
et un patrimoine culturel conséquent. Toutefois, de
façon assez curieuse et inexplicable, chacun travaillait
dans son coin.

*

Ce n'était pas la première fois que je m'intéres-
sais à une thématique régionale. Déjà, à la fin des
années 1960, alors que j'étais à l'Institut international
du coton, j'ai rencontré Jean-Pierre Demery, dont la
famille possédait une importante collection de « bois
gravés » anciens, nécessaires pour imprimer les motifs
des « indiennes », et qui est à l'origine de Souleïado,
le musée du tissu provençal à Tarascon. Originaires
d'Avignon, les Demery avaient à cœur de faire rayonner le patrimoine culturel de leur région et avaient
développé la marque Souleïado, dans laquelle Chantal Thomass fera ses premières armes. Entre autres

événements, j'ai organisé un défilé de leur griffe à Saint-Rémy-de-Provence, faisant venir quatre-vingt-dix-neuf journalistes de Paris par un avion spécialement affrété pour l'occasion. Avec mon amie Clotilde Bacri, Alain et Élisabeth Lefebvre, nous avons également monté, pendant l'été, le salon « Coté Sud » qui se déroulait sur le port de Saint-Tropez et qui rencontra un grand succès commercial et médiatique. Pendant une semaine, nous exposions une sélection d'objets *lifestyle* de la région. Grâce à ces initiatives, le flamboyant patrimoine culturel de la Provence devenait tendance. Une expérience « locale » qui me servira quelques décennies plus tard... Dans le sillage de Souleïado, un autre grand couturier a beaucoup fait pour le rayonnement de la région : Christian Lacroix, dont les créations s'inspirent des tenues traditionnelles des Arlésiennes.

Pourtant, au milieu des années 1990, le retour à une certaine sobriété stylistique et à des valeurs plus « authentiques », moins « flamboyantes », s'annonçait. Désormais, la Bretagne devenait « tendance ». Au même moment, Paco Rabanne et Jean-Paul Gaultier s'inspireront de ce formidable héritage pour leurs collections respectives. Une nouvelle fois, l'« inconscient collectif » était à l'œuvre...

En parcourant la Bretagne avec mon mari, j'ai découvert une « grammaire des styles » d'une grande richesse, avec ses rayures, ses signes celtiques (cœurs, arêtes de poisson, hermines, croix, soleil...), déclinée aussi bien dans la vaisselle que dans le mobilier. J'ai aussi découvert un art sacré, très présent au quotidien, un patrimoine maritime extraordinaire, ainsi qu'une langue remarquable par son efficacité syntaxique. Mais, assez curieusement, personne ne cherchait à les valoriser.

*

À l'occasion de l'un de mes séjours dans le Finistère – je vous ai déjà dit que l'on ne décrochait jamais vraiment dans ce métier ! –, j'ai eu l'idée de rencontrer les industriels locaux – pas plus d'un seul par séjour pour préserver ma vie de famille – afin de (re)mettre en valeur le patrimoine breton tout en le modernisant. J'ai ainsi découvert le fleuron des manufactures comme Guy Cotten, Le Minor, Armor-Lux et beaucoup d'autres. Avec Jean-Guy Le Floch, patron d'Armor-Lux, nous avons fondé l'association Création Bretagne dans le but d'aider les PME bretonnes à investir leur identité visuelle et se faire connaître plus facilement. Pour cela, les dessinateurs de l'Agence ont repris de nombreux motifs de cette « grammaire » en les redessinant, en les actualisant, puis en les dupliquant sur des objets et du linge de maison. Nous avons, conjointement avec les entreprises textiles, retravaillé les coupes, les imprimés, réinterprétés les « classiques » pour une clientèle plus jeune, qui serait fière de les porter ou de les montrer.

Il ne restait plus qu'à populariser ces créations auprès d'un plus large public grâce aux indispensables relais dans les médias.

Quand je travaillais pour Souleïado, j'ai rencontré Élisabeth et Alain Lefebvre, qui venaient de fonder le magazine *Côté Sud* consacré aux tendances « maison » et *lifestyle* de la Provence. J'ai parlé avec Élisabeth de l'importance du régionalisme, de celui de la Bretagne en particulier, et pense avoir été convaincante, puisque de cette conversation résultera la création de *Côté Ouest*. Comme son nom l'indique, le bimestriel est dédié aux tendances *lifestyle* de la Bretagne et permet au grand public de découvrir et de s'approprier ce formidable patrimoine.

En 1996, pour rendre visible le travail accompli, nous avons loué un trois-mâts dans la rade de Brest et invité les décideurs politiques culturels et économiques à se rencontrer et visiter l'exposition de produits bretons que nous avions organisée. Parmi les invités, une jeune journaliste, Karine Le Marchand, faisait ses débuts dans le métier. Les industriels bretons ont globalement joué le jeu, animés par la volonté de développer de nouveaux débouchés et de tracer de nouvelles perspectives. Ensemble, nous avons fait travailler de concert la tradition et l'industrie de pointe. Nous voulions montrer que l'identité régionale, loin d'être « ringarde », était au contraire une force sur laquelle il fallait s'appuyer pour progresser. Le succès a dépassé nos espérances, quand une grande exposition des produits que nous avions mis en avant a été montée aux Galeries Lafayette ainsi qu'au musée de la Marine à Paris. Une dynamique était lancée.

*

Le mouvement vers la revalorisation du savoir-faire et de la création « locaux » s'affirme dans tous les pays du monde. Au-delà du folklore, l'identité régionale est également une force économique qui offre l'avantage de ne pas être délocalisable. Elle attire les touristes, donne une bonne image, rend fiers ses habitants, fait fonctionner les entreprises et favorise l'emploi. Que demander de mieux !

Le régionalisme, c'est « tendance » et c'est intemporel. Toutes nos régions ont des talents qu'il faut faire travailler avec les industriels locaux, cependant, même avec la meilleure volonté, s'il n'y a pas de force motrice, cela ne fonctionnera pas. Il appartient aux acteurs locaux d'aider et de favoriser cette émulation qui, inévitablement, leur sera bénéfique à long terme. Lorsque les entreprises, même concurrentes, se mettent à travailler ensemble, le chemin du succès est à portée de main.

L'exemple de la marinière, là encore, est le plus flagrant. Dans les années 1960, en dehors de la Bretagne et des marins, la marinière était portée par des artistes : Brigitte Bardot ou Picasso pour ne citer qu'eux. Elle était considérée comme un vêtement de vacances, de loisirs… Depuis, elle a été sublimée avec brio et succès, notamment par Jean-Paul Gaultier, jusqu'à faire partie des « classiques » du vestiaire de nombreux Français – et même hors de l'Hexagone – qui la portent en toutes circonstances, au point de devenir « tendance ». Aujourd'hui, quand on voit quelqu'un dans la rue vêtu d'une marinière, on pense immédiatement à la Bretagne et à l'imaginaire qu'elle véhicule : la côte fouettée par les vents, la mer démontée, la musique celtique, les korrigans, les fées, la forêt de Brocéliande, la légende arthurienne… Mais la marinière, c'est aussi un savoir-faire et une industrie de pointe qui ne se limite pas à ce seul vêtement, loin de là.

22

TENDANCES *VS* INFLUENCES

Souvent, au détour d'une interview ou d'une discussion, il m'arrive d'entendre : « En fait, vous êtes une influenceuse ? » Bien entendu, ce n'est pas tout à fait exact... La tendance et l'influence sont deux choses complètement différentes. Cela mérite quelques explications.

Dans l'univers de la mode, les « influenceuses » sont apparues au XVIIIe siècle. Par bien des aspects, on peut considérer Marie-Antoinette comme la première de l'histoire moderne. Quand, en 1783, elle pose pour le peintre Élisabeth Vigée Le Brun en robe de mousseline, elle crée un véritable scandale, mais, en même temps, promeut une nouvelle façon de concevoir les robes pour les femmes, plus légères, plus confortables, plus seyantes que les lourdes tenues de cour de l'époque[1]. Il suffisait à la reine d'afficher une

---

1. La robe de mousseline était alors réservée à la chambre, au sommeil, aux moments intimes de la vie. En posant de façon « officielle » dans cette tenue, Marie-Antoinette a profondément choqué ses contemporains (le tableau a d'ailleurs été rapidement enlevé). Cela équivaudrait aujourd'hui à

préférence pour tel ou tel objet, parfum, robe, pour que toute la cour de Versailles partage ensuite les mêmes engouements. L'influence était l'affaire d'une élite dont les goûts se répandaient par mimétisme dans les différentes couches de la société.

Au XXe siècle, l'émergence concomitante du music-hall, du cinéma et des « monstres sacrés » du septième art va profondément changer la donne. Désormais, il suffit à une « star » d'afficher ses préférences vestimentaires, ses habitudes alimentaires, son mode de vie ou que sais-je encore pour que le public les adopte à son tour. En 1890, Sarah Bernhardt devient la première égérie connue prêtant ses traits pour une publicité des parfums Guerlain. En 1900, à l'occasion de l'Exposition universelle, la prestigieuse maison va plus loin en baptisant l'une de ses fragrances *Voilà pourquoi j'aimais Rosine*, du nom de l'actrice (Sarah Marie Henriette-Rosine Bernhardt pour l'état civil). Plus près de nous, dans les années 1960, Brigitte Bardot va profondément influencer le monde de la mode, au point que l'on parlera même d'un « style Bardot ». Depuis lors, il est courant de prêter des tenues ou des bijoux à des personnalités, des « influenceuses » – même si l'on n'utilisait pas ce terme –, lors des soirées, avec l'espoir qu'elles seront abondamment photographiées et les clichés reproduits sur les pages

---

voir le président de la République posant en pyjama et en robe de chambre sur les photos accrochées dans les mairies de France ! On vous laisse imaginer le résultat.

en papier glacé de la presse *people*. Ces événements prennent une importance de plus en plus tentaculaire dans notre quotidien avec l'apparition d'Internet et des réseaux sociaux.

*

Les professions d'« influenceuse » et de « tendanceuse » ont néanmoins un point commun : l'*influence* est leur champ d'action, même s'il n'est pas travaillé de la même façon.

Parmi les différences notables, rappelons d'abord que notre métier de styliste consiste à travailler très en amont, notamment avec les industriels. Cela implique de bien connaître les caractéristiques techniques des machines et les impératifs de production. Les stylistes ont une *légitimité technique* sur les produits qu'elles ou qu'ils conçoivent et parlent le même langage que les ingénieurs textiles des usines ou les directeurs de collection. Les influenceuses travaillent principalement quant à elles sur des produits finis, dont elles assurent la promotion auprès du grand public. Pour ce qui est du contenu et de son mode de fabrication, elles s'en remettent aux informations transmises par le fabricant. Mais, là aussi, les choses évoluent, certaines influenceuses s'investissent et créent des produits qui rencontrent de très beaux succès.

La deuxième différence d'importance est que les stylistes travaillent toujours en harmonie avec d'autres intervenants, en fonction du cahier des charges de leur client, voire de plusieurs clients en même temps. Ce qui n'est pas le cas des influenceuses, qui, souvent, débutent seules et dont c'est l'activité principale. De plus en plus, une nouvelle génération d'influenceuses et d'influenceurs s'entoure de toute une équipe de collaborateurs.

Troisième différence, et non des moindres, les stylistes qui travaillent pour des marques font toujours abstraction de leurs inclinations personnelles. Ce n'est pas toujours le cas de certaines influenceuses, qui sélectionnent des produits en accord avec leurs propres goûts, mais là aussi, les choses évoluent.

Les stylistes se fondent sur l'identité de la marque qui les a sollicités. Les influenceuses sélectionnent des produits en accord avec leur public afin de conforter, voire augmenter leur audimat.

Enfin, la relation au temps n'est pas la même. Les tendances, c'est essayer de prévoir ce qui va se passer deux ans à l'avance. Les influenceuses s'inscrivent plutôt dans l'instant présent.

Malgré ces petites différences, nous sommes tous, à notre manière, au service de la mode et de la création.

*

Tendance et influence sont davantage complémentaires que concurrentes. Régulièrement, il est arrivé ou arrive que des influenceuses aient favorisé, voire accéléré des phénomènes qui étaient déjà dans l'air du temps. Un des cas les plus emblématiques est celui de Madonna, une « influenceuse de choc », qui, dans les années 1980, a grandement popularisé les créations de Jean-Paul Gaultier, son couturier fétiche à l'époque. Derechef dans les années 1990, quand elle avait trouvé, dans une friperie, une combinaison rouge de chez Adidas et l'avait portée pendant un concert. La tenue de la chanteuse avait été remarquée et des photographies reproduites dans la presse spécialisée. Consciemment ou non, Madonna a fait entrer le *streetwear* dans le vestiaire du plus grand nombre, et accessoirement bien aidé la marque Adidas… Pour ce cas précis, on peut dire que Madonna a favorisé, voire accéléré un processus, mais la tendance du *streetwear* était bien là.

*

Les influenceuses font aujourd'hui partie du paysage médiatique et représentent une audience considérable qui impacte fortement la diffusion des tendances. À leur façon, elles se les approprient et les conjuguent avec les possibilités infinies que leur offrent les nouvelles technologies, font partager leurs « coups de cœur » et démocratisent la création auprès d'un large public. Nombre d'entre elles – j'utilise le féminin car, dans la mode, la plupart sont des femmes – sont des entrepreneuses dans l'âme et certaines sont des exemples de réussite, à l'instar de Léna Mahfouf, plus connue sous le nom de Léna Situations, et Jeanne Damas, qui a lancé avec succès la marque Rouje.

L'émergence des influenceuses est plutôt récente, et fondamentalement, ce n'est pas ma génération. Malgré cela, je ne peux m'empêcher d'observer ce phénomène avec bienveillance. La plupart d'entre elles ne sont pas issues du sérail et sont « autodidactes », un peu comme je l'étais à mes débuts, et bousculent nos certitudes. À leur façon, elles inventent de nouveaux modèles économiques, à mi-chemin entre le *pop-up store* et le e-commerce, mélangeant allégrement le réel et le virtuel, et font rayonner une nouvelle forme de féminité, plus populaire, plus accessible, toujours joyeuse et positive. Des exemples à suivre.

QUATRIÈME PARTIE

Futurs

23

SPIRITUALITÉ

Dans les années 1980, à la demande de Maryline Vigouroux, la femme du maire de Marseille, j'ai participé à la création de la Maison Mode Méditerranée, sur la Canebière[1]. Pendant plusieurs années, je suis descendue dans la cité phocéenne pour des réunions de travail. Avec Maryline, j'ai découvert les secrets de cette ville que j'aime beaucoup et qui dégage un charme fou. Au cours d'une visite à la basilique Notre-Dame-de-la-Garde – la « Bonne mère » des Marseillais –, alors que j'étais accoudée au parapet offrant une vue panoramique sur le port, de nombreux souvenirs ont défilé dans ma tête : Alger, la mer, le bar de mes parents, l'école des Sœurs... Je me suis revue en 1956, à l'âge de quatorze ans, avec mon frère et mes parents, débarquant sur le port, en provenance d'Algérie pour un voyage sans retour. Très émue, je me suis assise et j'ai pleuré.

---

1. Aujourd'hui au château Borély, le musée des Arts décoratifs, de la faïence et de la mode.

Je suis catholique et croyante, mais peu pratiquante. Néanmoins, j'ai toujours eu le sentiment qu'une certaine forme de spiritualité m'accompagnait, dans ma vie personnelle comme dans ma vie professionnelle. Au quotidien, j'ai toujours pensé qu'il y avait autour de moi une présence invisible qui me suivait et me protégeait. Fantôme ? Ange gardien ? Je suis bien incapable de répondre, mais j'ai puisé dans cette présence une force intérieure qui m'a permis de surmonter les épreuves et d'arriver où je suis.

*

Ma rencontre avec le spirituel a commencé très tôt. D'abord, quand j'étais enfant, en Algérie, pendant la messe à Notre-Dame-d'Afrique, ou dans la chapelle de mon école chez les Sœurs, à Sainte-Marie, dont la magnifique architecture, la beauté des statues, la finesse du mobilier liturgique suscitaient mon admiration. Bien des années plus tard, quand j'ai travaillé pour la mise en valeur du patrimoine breton, j'ai visité de nombreuses églises de la région. Chaque fois que j'entrais dans l'une d'elles, j'avais l'impression de retrouver des endroits familiers, de me sentir (presque) chez moi. Dans un lieu protecteur.

En 1963, pendant le fameux stage chez Prisunic qui a décidé de ma vocation, j'ai ressenti comme un « appel », au sens religieux du terme. Au contact de cette équipe, en découvrant ce travail, j'ai « trouvé ma voie » et suis entrée dans le monde de la mode comme d'autres entrent en religion. C'est très difficile pour moi de l'expliquer, mais rien d'autre ne comptait, c'était *là* que je voulais être, dans ce milieu que je voulais faire ma vie.

Quand j'ai commencé à travailler pour le Secrétariat international de la laine ou à l'Institut international du coton, j'ai mis mes pas dans ceux de Jacob, mon grand-père maternel, dentellier à Saint-Gall, que je n'ai pourtant jamais connu. Était-ce un hasard ou la prédestination ? Je l'ignore. Je pense souvent à ma mère, dont je porte le nom et le prénom, sans savoir pourquoi j'ai été ainsi baptisée. Tout en étant très différentes, nous avons de nombreux points communs. Sage-femme de formation, elle a aidé à accoucher de nombreuses femmes alors que, de mon côté, j'ai passé ma vie à « accoucher » les nouvelles tendances. Certes, ce n'est pas tout à fait la même chose, mais quand on met ces similitudes bout à bout...

J'ai toujours cru aux « signes », à ces étranges coïncidences qui nous interpellent. Comme je l'ai dit, je suis née sur les bords de la Loire et, toute ma vie, j'ai vécu près d'un grand fleuve. En Algérie, nous habitions à proximité du port de la ville et, dès que possible, nous allions à la plage nous baigner dans la Méditerranée. En Bretagne, la mer est au bout de notre jardin... Notre maison dans les Yvelines est au bord de la Seine. L'eau m'a toujours accompagnée, inspirée, rassurée.

*

Certains « signes » m'ont touchée intimement, comme en 1975, alors que je faisais un voyage à Taiwan, invitée par la Fédération taiwanaise du textile pour donner des conférences. Au cours d'un dîner avec les responsables, dans un restaurant chinois – jusque-là, rien d'anormal –, chaque convive m'a donné une portion de son plat à manger. Un peu surprise, j'acceptai avec plaisir, ce qui déclencha l'hilarité de mes hôtes. J'en demandai la raison à ma traductrice, qui m'apprit que j'étais enceinte et que j'allais avoir des jumeaux ! Je restai stupéfaite à l'annonce de cette nouvelle. En effet, depuis quelques jours, j'avais accusé quelques coups de fatigue vite mis sur le compte du voyage et du décalage horaire… Assez curieusement, mes interlocuteurs – exclusivement des hommes et des businessmen – avaient ressenti mon état et, en partageant leur nourriture avec moi, voulaient « nourrir les petites graines » en train d'éclore dans mon ventre… Je n'ai jamais su expliquer comment ils avaient deviné ce qui se passait en moi… et mieux que moi ! Leur prédiction s'avérera juste. Huit mois plus tard, je mis au monde Claire et Delphine, mes filles jumelles qui font, elles aussi, de belles carrières professionnelles et dont je suis très fière.

*

Au début des années 1980, au cours d'un *brainstorming* il m'est arrivé une expérience spirituelle assez inoubliable. J'avais organisé pour l'équipe et moi-même des ateliers de méditation transcendantale avec la psycho-ethnologue, spécialiste des archétypes et des courants culturels, Claude Maïka Degrèse. Nous nous sommes retrouvés allongés sur des tatamis, à écouter les directives de notre coach : « Fermez les yeux », « videz votre esprit », « baissez le rythme cardiaque », « sentez votre cœur au bout de vos dix doigts »... Sans que je puisse l'expliquer, j'ai alors fait l'expérience d'une « sortie de corps ». Mon esprit s'est détaché et j'avais la sensation de flotter au-dessus de l'assistance. J'étais inondée par un sentiment de bien-être et j'ai vu un tunnel, au bout duquel une belle lumière m'attirait. Je ne sais pas combien de temps cet état a duré, quelques minutes d'après les autres participants, puis j'ai entendu une voix me dire : « Nelly, il faut que tu redescendes, que tu retournes d'où tu viens, tu as trois enfants à élever. » C'est alors que j'ai regagné mon corps et que je me suis réveillée. L'assistance était paniquée autour de moi, car, à un moment, ils ont cru me perdre.

Physiquement, cette expérience m'a épuisée, mais elle m'a également profondément marquée. Par la suite, j'ai lu des livres sur le sujet et je me suis rendu compte que le phénomène n'était pas si rare, et que cette « sortie de corps » pouvait s'expliquer scientifiquement. Il s'agirait d'une molécule inconnue produite par notre cerveau qui la libérerait dans le corps quelques instants avant la mort, de façon que le « passage » se fasse le moins douloureusement possible. Des chamanes d'Amérique du Nord et d'Amérique du Sud parviendraient, uniquement par la puissance de la méditation, avec plus ou moins l'aide de substances psychotropes – ce qui n'était pas mon cas –, à reproduire cette expérience en modifiant leur rythme cardiaque et en parvenant à sécréter cette fameuse substance. Le cerveau humain est encore rempli de mystères…

*

Enfin, le spirituel – ou le concept de spiritualité – a été fondamental, au quotidien, dans mon travail. Il est au cœur d'une démarche très personnelle et difficilement palpable. Une sorte de quête intérieure qui touche notre âme, nous emmène vers le *beau*, nous relie à l'*autre* et participe dans notre esprit au réenchantement du monde. L'intuition, qui fait partie intégrante de notre métier, relève souvent d'une démarche spirituelle. Il s'agit de laisser voguer nos intuitions, de croire en elles et de les laisser nous guider dans la construction d'un scénario « tendance ».

L'art et les artistes, comme je l'ai déjà dit, jouent un rôle très important dans nos intuitions. Les artistes, qu'ils soient peintres, photographes, sculpteurs ou architectes (liste non exhaustive), sont des instinctifs, des êtres extrêmement sensibles qui expriment, avec leurs intuitions, l'évolution de nos sociétés. Se limiter à l'esthétique d'une œuvre ne suffit pas, il faut comprendre pourquoi elle nous interroge et nous bouleverse.

L'art est un point de passage vers la méditation, l'art est une transcendance vers le beau, vers quelque chose qui nous dépasse. L'art est une nourriture indispensable à notre vie personnelle comme à notre vie professionnelle.

24

S'ENGAGER

L'industrie de la mode a toujours été à l'avant-garde pour comprendre les évolutions de la société. Dans les années 1960, elle a été la première à intégrer la communauté gay à divers postes de travail et dans diverses organisations et à valoriser les œuvres engagées dans sa lutte contre la discrimination. Le combat se poursuit avec les autres « familles » LGBTQ+ qui trouvent au sein de notre secteur d'activité des lieux d'expression de leurs singularités. Dans cette même dynamique, depuis les années 1990, le monde de la mode s'est ouvert aux « minorités » ainsi qu'aux parcours atypiques de créateurs venus des banlieues. Aujourd'hui, les enjeux se focalisent aussi sur la diversité des corps et leur représentation dans les industries de la mode et les médias. Dès 2007, je signais une charte en ce sens à la demande d'Olivia Grégoire, à l'époque jeune conseillère de Xavier Bertrand, ministre de la Santé. Désormais, la taille « 34 » n'est plus l'alpha et l'oméga, du moins dans la publicité, mais pas encore sur les podiums hélas ! La France et les différents acteurs, de la mode particulièrement, sont très en avance dans ces domaines, et il faut s'en féliciter, même si l'acceptation des silhouettes atypiques sera longue et parfois difficile.

Travailler dans les tendances suppose d'être à la pointe dans l'étude des évolutions de la société. Aujourd'hui, les « tendances lourdes », destinées à durer plusieurs années, sont principalement liées à la démographie, aux technologies et à l'écologie. Ces enjeux, définis par la Commission européenne et réunis sous le vocable responsabilité sociale et environnementale (RSE), impactent tous les industriels ainsi que les consommateurs. La France s'est progressivement dotée d'un cadre législatif et réglementaire pour intégrer ces impératifs liés au développement durable. Fidèle à sa tradition d'avant-garde, autant par réflexe que par nécessité, couplée aux besoins nouveaux des acheteurs, le monde de la mode est très actif sur les questions écologiques d'aujourd'hui.

*

Contrairement à ce que l'on pense souvent, les préoccupations environnementales et sociales n'ont pas attendu la déferlante actuelle pour interroger le monde de la mode. Déjà, dans les années 1960-1970, les hippies prônaient un retour à un mode de vie et à un habillement plus naturels. Leurs gilets en peau de mouton et leurs pulls tricotés s'affichaient comme les symboles de leur contestation. Plus près de nous, en 1983, la créatrice Katharine Hamnett lançait des t-shirts portant des messages antinucléaires, antispécistes et écologiques. Mais son combat n'aura guère d'écho. Au début des années 2000, la création des chaînes de *fast fashion*, dont les vêtements sont produits à bas prix et vendus aux quatre coins du monde, va être la source de nombreux scandales écologiques et sociétaux.

Nous assistons à une surproduction et à une surconsommation de produits textiles qui n'est pas sans causer de graves ravages sociétaux et environnementaux : pollution, gaz à effet de serre, énergie dépensée, gaspillage des eaux[1], etc. Nos dressings sont pleins et nous continuons à les remplir. Si la RSE cherche des solutions durables, nous devons également cesser de feindre l'ignorance et rester indifférents. Consommateurs et producteurs doivent œuvrer ensemble pour produire des vêtements de façon supportable pour notre planète.

Responsabiliser le consommateur. La première des actions doit venir du consommateur, qui, en acquérant un vêtement, réalise, consciemment ou non, un acte « politique ». S'offrir une nouvelle tenue est avant tout un plaisir et doit le rester. Mais nous devons nous poser la bonne question : « En ai-je vraiment besoin ? »,

---

1. Selon l'Agence de l'environnement et de la maîtrise de l'énergie, l'industrie textile est responsable de 10 % des émissions de gaz à effet de serre dans le monde et utilise 4 % des ressources en eau potable.

surtout si nos placards sont déjà bien pourvus… Il ne s'agit pas d'arrêter ou d'empêcher l'acte d'achat, mais plutôt de le faire *en responsabilité*. Concevoir et fabriquer un vêtement nécessitent des matières, des machines, des personnes, ainsi que beaucoup d'énergie. À titre indicatif, il faut entre 7 000 et 10 000 litres d'eau pour fabriquer un seul jean. La bonne attitude est d'acheter un article en étant sûr de le porter « jusqu'au bout » et non pas seulement trois ou quatre fois, ce qui est un gâchis écologique.

Donner une « deuxième vie » aux vêtements est une autre façon responsable de consommer. C'est une tendance qui a émergé il y a quelques années et qui prend chaque jour un peu plus d'ampleur. Grâce aux sites en ligne de revente de vêtements de « seconde main » et aux friperies, les tenues que l'on ne veut plus porter trouvent d'autres propriétaires. Ce cycle vertueux, en « circuit court », évite de produire plus que nécessaire.

Aujourd'hui, en France, il est possible d'avoir un t-shirt pour le prix d'une viennoiserie. C'est anormal, et il faut avoir l'honnêteté de dire que c'est une aberration à la fois humaine, sociale et écologique – et qui a un « coût caché » important. Le consommateur doit en avoir conscience en achetant ces vêtements à petit prix, confectionnés à l'autre bout de la planète dans des conditions très contestables. Cela dit, il faut aussi être réaliste : chacun doit pouvoir s'habiller à un prix raisonnable et dans des conditions les moins polluantes. C'est pourquoi il est important que la prise de conscience du consommateur s'accompagne de celle des fabricants, auprès de qui nous devons travailler le plus en amont possible. Heureusement, les comportements d'une clientèle plus « éduquée » commencent à changer, mais le chemin sera long avant qu'ils se généralisent à l'ensemble de la population.

En amont avec les concepteurs. Pour les fabricants de vêtements, les enjeux sont multiples. Nous pouvons nous interroger sur la pertinence d'introduire une forme de sobriété en incitant à *produire mieux*, en limitant, par exemple, le nombre de modèles, de matières, de couleurs d'un même vêtement, afin d'en réduire l'impact environnemental. Aujourd'hui, dans le cadre de la RSE, le législateur interdit certaines matières dangereuses et déconseille l'usage d'autres. Il n'est pas impossible que cette liste soit allongée dans un avenir plus ou moins proche. Sur cette lancée, une meilleure transparence, une meilleure « traçabilité » des vêtements produits, va devoir être proposée aux consommateurs.

L'effondrement, en 2013, du Rana Plaza à Dacca, au Bengladesh, et les mille deux cents morts provoqués par cette catastrophe ont mis en lumière les conditions de travail dramatiques de beaucoup de sous-traitants asiatiques. L'opinion publique, révoltée par ce drame, a obligé de nombreuses marques à sélectionner plus rigoureusement leurs fournisseurs et à multiplier les contrôles. Nous avons collectivement un devoir de vigilance.

La question du recyclage des vêtements va devenir centrale dans les années à venir. Aujourd'hui, des millions de vêtements, plus ou moins usagés, se retrouvent dans les pays d'Afrique principalement, où ils sont vendus par milliers de ballots pour quelques euros pièce. Ils finiront sur un marché local, si l'on est optimiste, ou dans d'immenses décharges, si l'on est pessimiste. Une aberration. Pour les besoins de sa conception et de sa fabrication, le vêtement a déjà coûté très cher à la planète (en énergie, matières, main-d'œuvre, transports) et, une fois sa vie achevée, il coûte à nouveau très cher pour être acheminé jusqu'en Afrique. Pour couronner le tout, ces vêtements arrivent en quantités si importantes que le marché local ne peut les absorber et ils sont jetés dans des décharges à ciel ouvert où ils polluent l'air et l'eau. Pour mémoire, les vêtements en polyester libèrent dans l'air des microparticules de plastique que l'on retrouve jusque dans les fœtus des femmes enceintes.

En plus d'impacter l'environnement, l'envoi de ces milliers de tonnes de vêtements à des prix ridiculement bas empêche l'émergence d'une industrie de l'habillement local, qui, quoi qu'il arrive, sera plus chère que ces ballots importés… Personne n'est gagnant.

*

À l'Agence, nous travaillons désormais avec les fabricants pour que la démarche RSE soit intégrée dès le début de la conception du vêtement et convertir le modèle économique à plus d'écoresponsabilité. Les principaux chantiers concernent les matières et leur recyclage. Aujourd'hui, nous savons recycler le coton, d'une part, et les matières synthétiques, de l'autre, mais un vêtement composé de coton ET de matières synthétiques n'est pas recyclable, ou très difficilement. La création d'une filière de recyclage des vêtements en France (et ailleurs en Europe) est encouragée par les pouvoirs publics, français et européens.

L'information due au consommateur va également progresser, être plus détaillée. Aujourd'hui, de nombreuses enseignes proposent des vêtements « bios ». Une belle intention, mais qui peut être aussi un alibi, l'arbre qui cache la forêt… Car, si le coton peut être bio, *quid* des teintures, des lavages et des délavages, *quid* du CO_2 généré par le transport d'un article qui vient de l'autre bout du monde, par bateau, camion ou avion ? Les pouvoirs publics français sont là aussi très en pointe sur le sujet. Désormais, il est précisé sur l'étiquette quand un vêtement est fabriqué avec des matières synthétiques. À plus ou moins long terme, l'équivalent du « Nutriscore » s'appliquera aux produits finis, permettant au consommateur d'acheter en conscience.

Une « dynamique vertueuse » est enclenchée depuis quelques années, et elle va prendre de plus en plus d'ampleur dans les décennies à venir. L'objectif est de trouver un compromis acceptable afin de concevoir des vêtements écoresponsables et accessibles au plus grand nombre. On ne peut que s'en réjouir. Dans ce combat permanent, notre seul ennemi est le temps car ces transformations sont des politiques de long terme, or l'urgence climatique est bien réelle. Plus vite les différents intervenants de la chaîne prendront conscience des enjeux de la RSE, plus vite nous progresserons ensemble.

Cette inquiétude écologique a marqué le développement d'un nouveau mode de pensée : *acheter moins mais acheter mieux*. Le luxe, garant d'un certain respect des normes sociales et environnementales, a connu un regain d'intérêt grâce à une production réduite, un usage des meilleurs tissus, des matériaux les plus nobles, et un travail minutieux des artisans. Même si elles ne l'affichent pas sur leurs étiquettes, les grandes marques de luxe sont très écologiques. La créatrice Stella McCartney milite depuis toujours pour des matières premières locales et responsables. Dès la conception de ses collections, elle en mesure l'impact écologique, ainsi que les possibilités de recyclage. Il en est de même pour sa ligne de cosmétique « bio », ses lunettes fabriquées à partir de graines végétales ou de métaux recyclables, et ses boutiques chauffées à l'électricité « verte ». En France, le groupe Kering a élaboré une politique très avancée sur la RSE, et ce très tôt dans l'élaboration de leurs produits. La majorité de nos entreprises françaises et européennes est engagée aujourd'hui dans cette démarche.

*

Parmi les autres « tendances lourdes » qui vont profondément changer le monde de la mode, on peut également citer le non-genrage des vêtements. Ce mouvement est assez récent, mais il va se poursuivre sur le long terme. Il répond à une volonté des consommateurs d'exprimer leur personnalité et leur créativité. Cela n'empêchera pas les vêtements genrés d'être toujours proposés au public, mais cela favorisera une coexistence harmonieuse de ces familles de vêtements.

De nouveaux matériaux plus durables, mieux recyclables, aideront la transition des industries de la mode vers un système plus vertueux. Il en va de même des matières premières très anciennes qui reviennent en force dans les collections et dont certaines sont promises à un bel avenir, comme le lin.

À rebours de la mondialisation de notre planète, nous assistons à l'émergence de marques « locales » puissantes, qui vont s'ancrer sur des territoires, des cultures, des savoir-faire locaux. C'est ainsi que, en réaction à une certaine uniformisation des collections, des entreprises plus originales, plus audacieuses, vont s'installer sur des segments de marché et sur des territoires géographiquement limités. Le phénomène ne concernera pas que l'Europe, mais aussi l'Asie et l'Afrique où cette tendance lourde existe déjà.

Enfin, le numérique va continuer à prendre une place de plus en plus importante dans le monde de la mode. Les réseaux sociaux permettront de mieux cerner les tendances, à condition de bien les capter et de savoir en analyser les résultats. L'arrivée de l'intelligence artificielle (IA) va bouleverser notre travail quotidien. Reste à savoir quelle place lui donner dans le processus créatif, car l'IA n'est intelligente que si on la pilote bien. Pour l'instant, elle n'a aucune compétence prospective mais, demain, peut-être saura-t-elle prédire nos goûts et nos aspirations, en analysant les textes, mais aussi les images et les vidéos qui connaissent la faveur du public.

Écologie, non-genrage, matériaux futuristes, l'avenir s'annonce prometteur en innovations. Affaire à suivre.

25

TRANSMETTRE

Pendant longtemps, les stylistes et dirigeants de mode apprenaient leur métier « sur le tas » auprès de professionnels plus expérimentés qui transmettaient leurs savoirs. À la fin des années 1960, les stylistes – principalement des femmes – étaient très peu nombreuses à Paris, une trentaine tout au plus. La plupart travaillaient pour des maisons de couture ou chez les fabricants de textile et il n'existait aucune formation. Les premières « écoles de style » de qualité, au sein des organisations syndicales, ouvraient tout juste leurs portes...

Avant l'arrivée de ces stylistes « professionnelles », les recrutements étaient pour le moins empiriques. À titre d'exemple, mon amie Anne Dupuy, journaliste au *Jardin des modes* dans les années 1960, avait un œil et des goûts très sûrs. Pour son travail, elle suivait les collections de la Haute Couture et n'hésitait pas à donner des conseils « techniques » aux fabricants à propos de leurs modèles. Comme ses remarques étaient pertinentes, elle a été embauchée par Lee Cooper (qui à l'époque ne faisait que des vêtements de travail, comme le blue-jean, des bleus de travail et des salopettes) pour développer une ligne de « jeans pour femmes ». Elle n'avait que vingt-deux ans et savait à peine dessiner ! Ce qui ne l'empêchera pas de faire une belle carrière dans le métier.

Le grand paradoxe de ma vie est que j'ai fait carrière dans le monde de la mode alors que je n'ai suivi aucune formation dans ce domaine. Je me suis formée au fil des années, des rencontres et des expériences. Maintenant, c'est à mon tour de faire partager ces connaissances et de transmettre le témoin aux jeunes générations en participant soit à la création, soit, comme administrateur, à la vie de nombreux établissements professionnels.

*

Aujourd'hui, les acteurs de notre industrie se forment dans des écoles sous l'œil vigilant des chasseurs de têtes qui traquent les talents de demain. Il y a des écoles un peu partout dans le monde, mais les plus prestigieuses se trouvent en France, en Angleterre et en Belgique.

En France, la plus ancienne est l'École supérieure des arts et techniques de la mode (Esmod). Fondée en 1841 par Alexis Lavigne – tailleur de l'impératrice Eugénie et inventeur du centimètre souple et du buste mannequin –, elle compte aujourd'hui cinq établissements sur notre territoire et une vingtaine à l'étranger.

Esmod dispense un enseignement en stylisme et en modélisme sur trois ans, ce qui donne aux étudiants un niveau « licence ». À Paris, neuf spécialisations sont proposées et il est possible de faire une quatrième année en *post graduate* « Créateur couture ». La moitié des étudiants de Esmod sont d'origine étrangère et près de soixante nationalités cohabitent dans ses locaux. L'école, à sa façon, participe au rayonnement de notre culture à travers le monde. Parmi les anciens élèves les plus célèbres, nous pouvons citer : Thierry Mugler, Daniel Hechter, Jérôme Dreyfuss, Alexandre Vauthier, Franck Sorbier, Michèle Chatenet. J'ai suivi de près l'évolution de cet établissement et, en 1989, me suis engagée avec l'universitaire Jean-Jacques Kerourédan dans la création de sa « petite sœur », l'Institut supérieur européen de la mode (ISEM), qui assure une formation supérieure en marketing et en management, métiers complémentaires à ceux de la création.

*

Au début des années 1970, au ministère de l'Industrie émerge l'idée de créer une école supérieure qui formerait les jeunes générations du secteur aux métiers du management, de la communication et du marketing. À cette époque, il n'existait en France que des écoles de style, comme Esmod, mais rien pour apprendre aux étudiants à diriger une entreprise. Or, pendant les années 1970, les industries de la mode évoluent en profondeur avec l'arrivée de grands groupes de distribution, la généralisation des licences dérivées et une importance croissante de la communication qui demandaient des compétences pointues et des moyens financiers toujours plus lourds. En parallèle, les goûts des consommateurs changeaient de plus en plus vite et la concurrence devenait, elle aussi, de plus en plus forte. Le constat selon lequel un créateur – aussi doué soit-il – n'était pas toujours le plus apte pour assimiler ces nouvelles compétences a alerté les professionnels de la mode sur l'urgence qu'il y avait à créer une nouvelle école qui formerait les cadres nécessaires au maintien de nos fleurons et capables de conforter la primauté de Paris dans ce secteur.

J'étais directrice du CIM à l'époque et, à ce titre, je faisais partie des commissions chargées de réfléchir sur l'organisation de cette nouvelle école. Pierre Bergé s'est lui aussi beaucoup impliqué dans ce qui deviendra l'Institut français de la mode (IFM). Le tandem qu'il formait avec Yves Saint Laurent, l'intelligente et l'efficace répartition des rôles qui s'opérait entre eux deux ont probablement inspiré la matrice originelle de l'école. Pierre Bergé était une personnalité très imposante, au charisme et à l'entregent fabuleux. Dès qu'un problème ou un obstacle se présentait, il disait de sa voix si particulière : « Cette histoire va se régler, je vais appeler le Premier ministre ! » et, immédiatement, devant nous, prenait le téléphone en bakélite – est-il besoin de préciser que les smartphones n'existaient pas – pour composer le numéro de tel ministre ou homme politique capable de débloquer la

234

situation. C'était un homme qui aimait les responsabilités et qui obtenait toujours ce qu'il voulait. C'était un fonceur, mais aussi un homme de pouvoir qui cultivait des réseaux d'influence, dont l'IFM a profité. L'école lui doit beaucoup.

De ces réunions préparatoires naîtra en 1986 l'Institut français de la mode. Pendant de nombreuses années, j'ai été administrateur de cette école qui ne cessera d'évoluer et de s'agrandir, et dont les vastes locaux s'étendent aujourd'hui sur près de 9 000 m² le long du quai d'Austerlitz, sur la Seine. L'IFM, qui a débuté avec une cinquantaine d'élèves, en accueille chaque année près de 1 500 en formation initiale ; près de 2 000 professionnels du secteur s'inscrivent en formation continue. En 2021, les Écoles de la chambre syndicale de la couture parisienne fusionnent avec l'IFM – une évolution importante –, ce qui permet désormais aux étudiants de suivre un cursus de styliste dans l'établissement.

Aujourd'hui, l'agence NellyRodi a rejoint le cercle des donateurs de la Fondation IFM, qui finance des bourses d'études et veille à ce que de jeunes étudiants talentueux bénéficient d'une formation d'excellence.

*

Parmi mes autres attributions, j'ai longtemps été administrateur de l'École nationale supérieure des arts décoratifs (Ensad), fondée en 1766, et qui est un fleuron de nos écoles d'art et de design. Sur décision du ministère de l'Industrie, j'ai aussi été nommée administrateur à l'École nationale supérieure de création industrielle (ENSCI), en tant que « personne qualifiée ». Mais, n'étant pas « designer » de formation, mon avis était considéré comme marginal par le conseil d'administration de cette institution créée en 1982 sous le patronage de Jean Prouvé et Charlotte Perriand.

J'ai été également administrateur pendant trois ans de l'école des Gobelins, qui forme depuis plus de cinquante ans aux métiers de la création visuelle, de la conception de l'image, qu'elle soit fixe (photographie) ou animée (interactive, 3D, réalité virtuelle, etc.). Formidable école où j'ai été bluffée par les talents des élèves que les studios américains s'arrachent !

Tout au long de ma carrière, j'ai entretenu d'excellentes relations avec l'École supérieure des arts appliqués Duperré (ESAA), en participant aux jurys d'examens et en accueillant des élèves en stage. Voire en engageant certains d'entre eux…

En 2013, lorsque j'ai rejoint la chambre de commerce et de l'industrie de Paris-Île-de-France, j'ai été pressentie pour présider La Fabrique (Chantal Fouqué était la directrice). Le centre de formation résulte de la fusion de l'École supérieure des industries du vêtement (ESIV), des Ateliers Grégoire (centre de formation aux métiers de la maroquinerie) et de Novancia (merchandising). Équipée de machines spécialisées pour chacun des métiers, La Fabrique peut réaliser des objets, du prototype au produit fini. Une véritable

« petite usine » aux portes de Paris. Elle propose des formations diplômantes dans les domaines de la mode, de l'habillement, de la décoration, de l'aménagement d'intérieur ainsi que la maroquinerie. Les prestigieuses marques Louis Vuitton ou Hermès venaient chercher leurs futurs talents dans cette école d'excellence.

*

Très souvent, des jeunes démarchent l'agence NellyRodi et nous interrogent ainsi : « J'aimerais être tendanceur ou tendanceuse, quelles sont les formations pour y parvenir ? » Il n'existe pas de formations *stricto sensu* pour devenir tendanceur ou tendanceuse, car ce métier regroupe en fait trois professions distinctes qui nécessitent des profils différents. Tout dépend si vous souhaitez travailler sur les « tendances sociétales » (sociologie), les « tendances formes, couleur, matières » (designers/stylistes) ou la stratégie des marques (écoles de commerce).

Pour les « tendances sociétales », des études en sociologie sont indispensables, qui peuvent être complétées par une formation à l'IFM.

Si vous souhaitez travailler dans les « tendances formes, couleur, matières », privilégiez un cursus dans une école de style comme l'École Duperré, l'IFM ou Esmod.

Si vous vous destinez au développement de la « stratégie des marques », préférez une grande école de commerce, Sciences-Po ou l'IFM.

Parmi les qualités humaines demandées pour intégrer un « bureau de style », nous privilégions la curiosité, des aptitudes à la communication, une ouverture à
l'international, la capacité de construire une expertise,
d'être créatif, d'être innovant, de rester humble mais,
surtout, d'aimer ça.

26

REGARDER DEMAIN

Faire ce métier, c'est être lucide sur soi-même. Au début des années 2000, l'émergence d'Internet et les nouveaux modes de consommation qui s'ensuivent bousculent profondément le monde de la mode. Les smartphones et les applications en tous genres révolutionnent notre quotidien. Le téléphone devient un prolongement du corps humain. Le monde évolue, et de plus en plus vite. Le changement, j'y suis habituée, et depuis longtemps. C'est même mon travail... Mais il arrive un temps où, même si ce métier a été ma vie, ma passion, ma raison d'être, je sens que je suis au point de bascule et que quelque chose m'échappe. Mon expérience, mon regard, mes connaissances ainsi que mon parcours sont des atouts formidables mais, il faut bien le reconnaître, je suis de plus en plus décontenancée par les nouvelles habitudes, les nouvelles pratiques, les nouvelles générations.

Dans mon travail, je suis un peu *old school*, avec mes dossiers, mes articles de presse que je découpe, mes collections de matières... L'émotion a joué un rôle prépondérant dans ma carrière, mais, arrivée à un certain stade, elle ne suffit plus. Si l'on veut rester « dans le coup », s'appuyer sur le marketing, la gestion, les ressources humaines et les nouvelles technologies devient indispensable. Quand j'ai créé l'Agence, nous étions à peine une dizaine et les effectifs n'ont cessé de croître. Animer une petite équipe et une entreprise n'est pas tout à fait la même chose.

À un moment, il faut savoir passer la main et transmettre l'entreprise dans de bonnes conditions. J'ai demandé à mon fils Pierre-François de reprendre le flambeau. Même si cela peut paraître naturel qu'un fils succède à sa mère, cela n'allait pas forcément de soi pour lui. Pierre-François avait construit son propre parcours professionnel, nourrissait des envies personnelles et était promis à une brillante carrière dans un grand groupe international. Après avoir longuement hésité, il a accepté la direction de l'Agence qu'il a accompagnée dans sa transformation numérique, la faisant entrer avec succès de plain-pied dans le XXIe siècle. Au fil des ans, il a apporté son expertise, réorganisant les finances, mettant en place des outils marketing, structurant nos méthodes et engageant les créatifs à travailler de façon différente. Il a également accompagné nos clients sur le long terme et sur leur propre secteur d'activité. En 2023, l'agence NellyRodi est très différente de celle que j'ai créée en 1985.

*

Quand j'ai commencé à travailler dans les « bureaux de style », les tendances étaient une discipline pour le moins balbutiante, presque artisanale. Pendant des décennies, avec d'autres, nous avons contribué à les « institutionnaliser », à en faire un outil raisonné et le plus fiable possible pour les enseignes qui nous sollicitent. Aujourd'hui, l'Agence s'est profondément transformée : elle accompagne ses clients aux quatre coins du monde grâce à son réseau d'agents à l'étranger, les guide dans le méandre de la consommation et propose du « sur-mesure » en fonction de leurs besoins. Quand je me retourne sur mon passé et que je regarde le travail accompli, j'éprouve une certaine fierté.

*

Tout au long de ma carrière, j'ai travaillé avec des personnes formidables, aussi bien des hommes que des femmes. Entreprendre dans les années 1970 quand on était une femme n'avait rien d'évident. Et que dire quand vous aviez trois enfants en bas âge à élever ! Sur ce point-là, je l'ai déjà évoqué, j'ai eu la chance de pouvoir compter sur un mari exceptionnel qui a pris sa part – et plus que sa part même – quand je ne pouvais pas être à la maison auprès d'eux. Parfois, dans les interviews ou bien lors des conférences où j'interviens régulièrement, on me demande si je suis une féministe... C'est très difficile pour moi de répondre simplement à une question aussi complexe.

Mais, fondamentalement, oui, je suis une féministe. Il est impossible dans mon esprit que telle ou telle activité professionnelle puisse être interdite ou déconseillée à des femmes au prétexte… qu'elles sont femmes.

Je n'ai jamais souffert de discriminations dans le cadre de mon activité professionnelle. Il est vrai que j'ai eu la chance d'évoluer dans un milieu plutôt ouvert, tolérant et à l'avant-garde des évolutions sociétales – ceci peut expliquer cela… Mais, malgré tout, rien n'est jamais acquis définitivement. Si j'ai fait cette belle carrière, si j'ai réussi dans ce métier, c'est grâce à mon travail et à ma persévérance. Il faut se battre, prouver que l'on est la meilleure, viser l'excellence… et imposer le respect. J'ai toujours travaillé en bonne intelligence avec des hommes remarquables, dont beaucoup sont, encore aujourd'hui, des amis fidèles. Mon féminisme n'est pas une lutte contre les hommes mais, au contraire, un accord avec eux, dans un esprit de complémentarité, de labeur et de fraternité. Ce qui m'intéresse, c'est la création, d'où qu'elle vienne, sans discrimination aucune.

*

Ne plus être dans la gestion quotidienne n'est pas forcément synonyme d'inaction. On peut être utile *autrement* dans l'entreprise. Moderniser les façons de travailler, recruter des jeunes talents, c'est indispensable pour l'Agence. Ils apportent un regard neuf, de l'enthousiasme, de nouvelles pratiques, ainsi que des idées plus en adéquation avec leur génération. Au

242

quotidien, faire cohabiter les « anciens » et les « nouveaux » n'est pas sans causer quelques cocasseries mais, globalement, ça fonctionne bien. Et, fondamentalement, ces « jeunes » empêchent les « vieux » de se reposer sur leurs acquis, de « s'encroûter». Ils nous obligent à nous remettre en question.

La force d'une entreprise réside dans ce partage entre les « jeunes » et les « anciens ». Les personnes de ma génération ont acquis au fil du temps un regard, des techniques et des connaissances disponibles pour les plus jeunes. Il ne tient qu'à elles de les assimiler et de les exploiter. Contrairement à ce que l'on pense souvent, les « vieux » ne sont pas une charge pour les entreprises, mais plutôt une chance. Les employer autrement – en créant de nouveaux postes, en aménageant les horaires, en définissant de nouveaux objectifs – sera l'une des clefs de la réussite de nos futures sociétés. À une époque où de nombreux secteurs ont des difficultés de recrutement, et que l'on parle de plus en plus de l'« emploi des seniors », j'espère que cette modeste réflexion sera entendue.

*

Bien que n'étant plus opérationnelle dans l'entreprise, rester à la maison et faire des mots croisés en charentaises – mêmes colorées – au coin du feu n'est pas dans mon ADN. Au contraire, cela m'a donné du temps pour m'investir dans plusieurs institutions. Sans doute un héritage familial.

Dans les années 1960, grâce à sa profession et à son dévouement, Nelly Rodi, ma mère, était devenue une figure familière auprès de la population d'Aubergenville. En 1965, elle avait fait son entrée au conseil municipal et, en 1971, à la suite du décès du maire M. Gaston Jouillerat, elle a été élue premier magistrat de la ville. Trois mandats s'ensuivront, jusqu'en 1989, où elle transformera cette paisible bourgade des Yvelines en une ville moderne et dynamique. Sa carrière en politique se poursuivra comme vice-présidente du conseil général, puis comme sénateur des Yvelines de 1986 à 1995. Une vie au service des autres.

Ma mère considérait qu'après avoir beaucoup reçu, il fallait aussi savoir donner. Je partage cet avis et, à mon modeste niveau, j'essaie d'être l'un des maillons d'une chaîne qui transmet son savoir-faire à la génération suivante.

Optimiste née, je ne sais pas m'arrêter. J'aime fédérer les gens, faire bouger les choses, et pour rien au monde je ne changerai de vie. C'est ainsi que Pierre-Antoine Gailly, président de la chambre de commerce et de l'industrie de la région Île-de-France (CCIR), me propose de me présenter à la chambre de commerce et d'industrie de Paris (CCIP). Élue vice-présidente de Philippe Solignac, j'étais chargée des métiers de la mode, du design et de la création. À ce poste, j'ai pu aider les entreprises françaises à mieux appréhender les marchés d'exportation et à faciliter l'organisation de salons.

Avec la CCIP, j'ai participé à la création de l'association Paris capitale de la création (PCC). Au cours de mes voyages, j'avais remarqué que de nombreuses métropoles à travers le monde revendiquaient le titre de « capitale de la mode ». Face à cette concurrence de plus en plus insistante, j'ai voulu redonner à Paris son rôle de leader. C'est ainsi que j'ai réuni à la mairie de Paris les différents acteurs des salons professionnels afin de créer une action commune, d'abord appelée Paris capitale de la mode, aujourd'hui Paris capitale de la création, pour laquelle je suis toujours très active.

Toujours à la CCIP, j'ai beaucoup œuvré pour le prix Paris Shop & Design, avec Dominique Restino et Jacques Leroux, décerné tous les ans aux plus belles réalisations commerciales à Paris. Ce prix récompense des binômes de commerçants et d'architectes pour des réalisations dans des domaines divers : mode, maison, décoration, bien-être, santé, beauté, hôtels, cafés, restaurants, culture, loisirs, service aux particuliers, etc.

Aujourd'hui encore, j'ai un emploi du temps bien chargé. Depuis vingt-deux ans, je suis coprésidente au côté d'Elizabeth Ducottet, présidente de Thuasne, entreprise spécialisée dans le textile de santé, de Réseau innovation immatérielle pour l'industrie (R3iLab), un *think-tank* fondé à la demande de Christian Perret, à l'époque ministre de l'Industrie du gouvernement Jospin. L'objectif affiché était de créer un cercle de réflexion qui interviendrait auprès des industriels par des conférences thématiques et des appels à projets destinés à promouvoir l'innovation (notamment immatérielle) au sein des entreprises. Notre travail consiste à promouvoir l'« immatériel », c'est-à-dire tout ce qui concerne l'image et la valeur de la marque, le nom, le marketing, la création, l'innovation, les services, etc. Une de nos missions a aussi été d'organiser des rencontres improbables entre des créatifs et des entreprises venant de secteurs différents. Un laboratoire intersectoriel destiné à nourrir la réflexion. Près de deux mille entreprises suivent nos actions.

Enfin, je suis administrateur du Comité d'échanges franco-japonais qui favorise les relations économiques entre les deux pays. Le Japon, encore et toujours… On ne se refait pas !

Quand cela est possible, j'interviens dans des colloques ou diverses *master class* pour expliquer mon métier au grand public, espérant ainsi créer des vocations. Je suis devenue un « passeur » de relais, je transmets le témoin aux jeunes générations. À l'Agence, je suis présidente du conseil de surveillance, et j'y ai gardé quelques fonctions de représentation auprès de nos plus fidèles clients, qui sont rassurés de savoir que leur interlocutrice depuis des décennies est toujours présente dans la maison. Être utile, encore et toujours.

*

Souvent, quand j'interviens dans les médias, on me pose la question rituelle : « Que conseilleriez-vous à un jeune qui débuterait dans le métier ? » C'est toujours délicat de donner des recommandations en s'inspirant de sa propre expérience, mais, si je devais le faire, en premier, je lui dirais qu'il faut d'abord croire en son étoile... Si l'on a une petite étincelle au fond de nous qui nous dit que cette voie est essentielle dans notre vie... alors, il faut la suivre, même si elle paraît sinueuse ou impossible. En second, je lui dirais qu'il faut faire les choses avec amour, aimer le travail bien fait et aimer les gens.

Quand j'étais en stage chez Prisunic, en observant Denise Fayolle, au fond de moi, je me disais : « Un jour, je serai directrice de mode. » Cela a pris du temps et quelques chemins de traverse, mais j'y suis arrivée. Dans la vie, il faut oser. Oser avec amour et détermination, même quand cela paraît compliqué. Aujourd'hui plus que jamais, il faut croire en ses rêves et faire de ses rêves, une réalité.

UNE NOUVELLE VIE

Pierre-François Le Louët

Quand je regarde le travail accompli par ma mère, je ne peux être qu'admiratif par cette saga à la fois familiale et entrepreneuriale qui perdure encore aujourd'hui. Depuis les bocaux remplis d'échantillons de couleurs pour Prisunic jusqu'aux *Cahiers de tendances* digitalisés de l'Agence, c'est une partie de l'histoire de la mode qui défile sous nos yeux. Depuis Paris, avec constance et persévérance, ma mère a structuré le système de la mode tout en faisant rayonner la création française à l'international. À sa façon, avec discrétion, dans les coulisses, auprès des industriels, des distributeurs, des créatifs, des institutionnels ou des investisseurs, sans se mettre en avant, elle a grandement contribué à faire que notre capitale reste l'épicentre de la mode en dispensant ses conseils et ses visions à plusieurs milliers d'entreprises dans le monde entier. Cette multiplicité d'événements, de projets, de secteurs abordés, de pays visités, de rencontres en tous genres, fait que cette vie est en tout point exceptionnelle.

Au quotidien, ma mère reste active au sein de l'Agence, où elle continue en tant que présidente du conseil de surveillance, de partager avec notre équipe et certains de nos clients sa formidable expérience, sans oublier son dynamisme et sa curiosité qui forcent l'admiration de tous ceux qui la côtoient. Dans un monde en perpétuel changement, sa présence symbolise la continuité de l'Agence, son ancrage créatif, et nous sommes nombreux à toujours apprécier ses qualités humaines et son énergie sans égale. Ma mère nous accompagne également dans les nécessaires et indispensables évolutions qui bouleversent les industries créatives en général, et le secteur de la mode en particulier.

Quand, à sa demande, j'ai accepté d'assurer la direction puis la présidence de l'Agence, l'univers de la mode était en pleine mutation. À la fin des années 1990, la Chine entrait dans l'Organisation mondiale du commerce et, au milieu des années 2000, les quotas textiles étaient levés, accélérant le développement de nombreuses enseignes en Europe et affaiblissant les industriels qui dominaient le secteur depuis l'après-guerre. De puissants groupes de luxe se constituent à cette période. Internet prend une part de plus en plus importante à la fois dans la création, dans la diffusion des esthétiques, mais aussi dans la distribution des vêtements, d'objets de décoration, de produits de beauté. En parallèle, la *fast fashion* débarque en France, avec des collections qui se renouvellent sans cesse…

Dans ce paysage en évolution constante, il était indispensable pour notre entreprise de s'adapter, de se diversifier et d'accompagner nos clients dans ces mutations profondes. Depuis le début des années 2000, le territoire des industries créatives s'est considérablement étendu à de nouveaux domaines : les géants de la technologie, du divertissement, l'hospitalité, la restauration, le jeu vidéo, les institutions culturelles les plus prestigieuses ou les clubs sportifs les plus connus font aujourd'hui appel à nos services. En parallèle, nos *Cahiers de tendances* ont été transformés en objets « physiques » de plus en plus exceptionnels – une publication peut aujourd'hui comporter jusqu'à trois cent cinquante échantillons de couleurs et de matières souvent réalisés sur mesure par des artisans ou des artistes d'exception et la plupart de nos photographies sont exclusives – tout en les rendant accessibles sur d'autres supports, notamment digitaux.

Avec la constitution de ces grands groupes, le nombre de marques de mode a beaucoup baissé dans le monde alors que l'appétit pour la mode n'a jamais été aussi grand. Nous avons donc parié sur la *valeur* plutôt que le *volume* en prenant le virage du conseil pour devenir la « boîte à idées » des industries créatives. Aujourd'hui, à Paris, Shanghai, Los Angeles, Dubai ou Séoul, l'agence NellyRodi est une référence pour tous les dirigeants qui souhaitent continuer à rester pertinents, à comprendre le monde, les consommateurs de toutes générations, et créer les marques de demain. Nos clients savent qu'ils peuvent trouver

251

chez nous des méthodes, des outils, des collaborateurs et des collaboratrices qui les aideront à mieux imaginer et façonner leur avenir. Ils trouvent aussi dans les salons de l'Hôtel Cromot du Bourg que nous occupons aujourd'hui un état d'esprit très singulier, un espace hybride et une manière de travailler qui associe toujours création et business, compréhension des besoins et des usages et parti pris sur l'avenir.

Le contexte géopolitique, environnemental, social et économique actuel a profondément bouleversé la façon d'envisager la création. Il y a quelques années, c'était la montée en puissance du numérique, la constitution de communautés d'influence et le développement du e-commerce qui a transformé la distribution et les modes d'achat des vêtements. Aujourd'hui, le principal défi de la mode est de concilier le développement économique et le développement durable. La mode a également une responsabilité sociale et doit continuer de défendre la vision d'un monde libre, riche de sa diversité et de son ouverture, respectueux des cultures des uns et des autres, un monde inclusif où chacun trouve un territoire d'expression personnelle et sait qu'il peut s'exposer au monde sans être perpétuellement jugé ou dénigré.

Demain, il faudra relever le défi de l'intelligence artificielle que nous utilisons déjà à l'Agence au quotidien.

Au moment où sont écrites ces lignes, l'intelligence artificielle est un outil qui pense bien le présent et le passé – du moins si elle est bien entraînée – mais ne peut pas encore penser l'avenir efficacement. Mais ce n'est pas improbable qu'elle y arrive un jour. À l'Agence, nous nous en servons comme d'un matériau de base qui est nourri en amont par nos équipes et dont le résultat est retravaillé par elles en aval. C'est l'intelligence de nos équipes qui enrichit l'intelligence artificielle et non pas l'inverse. La vision artistique, la dimension émotionnelle et culturelle sont primordiales dans les industries créatives, or il est impossible qu'une « technologie froide » parvienne à créer de l'émotion. Seuls les créateurs, les artistes, les artisans peuvent insuffler ce supplément d'âme qui fait rêver l'acheteur. Néanmoins, il est vrai que ces nouvelles technologies vont profondément bouleverser de nombreux aspects de notre vie, et il est normal que nous les intégrions dans nos méthodes de détection de tendances.

La réalité augmentée et l'impression 3D ont déjà permis d'étendre encore plus le domaine de la création en rendant beaucoup plus précis et beaucoup plus rapide le développement de produits d'excellence. Ce sont des outils utiles qui permettent de mieux appréhender de nombreux aspects de la création, mais, là aussi, ils ne remplaceront jamais la vision d'un créatif.

Ces nouvelles technologies vont permettre des gains de productivité considérables pour ceux qui sauront se les approprier, ici encore, c'est l'intelligence humaine qui aidera à faire les bons choix avec des outils fiables.

La mode est dans une phase brutale de recomposition, notamment pour le « moyen de gamme » qui traverse une période difficile. Depuis dix ans, nous avons assisté à l'augmentation du nombre de ses boutiques alors que le trafic client était en baisse avec la montée en puissance du e-commerce. Ces chaînes de magasins ne pouvaient plus faire des économies étant donné qu'elles achetaient déjà des produits fabriqués en Asie à des prix extrêmement bas, tandis que leurs coûts de fonctionnement augmentaient. En parallèle, elles se sont vues de plus en plus concurrencées par de nouveaux acteurs, notamment par l'*ultra fast fashion* qui développe, grâce à l'intelligence artificielle, un nombre considérable de produits bas de gamme, doublée d'une politique de prix très agressive sur Internet. Par ailleurs, des maisons de luxe ou des marques de « luxe accessible » plus inspirationnelles ont gagné la « guerre de l'image » tandis que l'*ultra fast fashion* gagnait, elle, la « guerre du prix ». Ne pouvant rivaliser avec l'agilité de la *fast fashion*, ni avec l'imaginaire des marques de luxe, ces chaînes de « milieu de gamme » se sont retrouvées prises en étau, et beaucoup d'entre elles ont fermé leurs boutiques les unes après les autres, causant des drames humains et économiques.

Est-ce inéluctable ? Sommes-nous condamnés à voir disparaître les points de vente et nos marques préférées ? Je ne le pense pas. De très nombreuses nouvelles marques émergent avec succès sur tous les segments du marché. Ces nouvelles maisons proposent toujours une offre en adéquation avec les nouveaux usages et les nouvelles aspirations de leurs clients. Parmi elles, de très nombreuses sont françaises et participent à cette vague inédite d'une mode toujours réaliste, engagée et créative. Car cette recomposition ne peut se faire que de façon vertueuse et responsable, avec des engagements forts. La mode doit reconnaître sa responsabilité sociale et réduire son impact environnemental pour faire partie des solutions d'avenir. Cela passe par des relocalisations au plus près des lieux d'achat, le développement de nouvelles fibres et de nouvelles matières, mais aussi par le changement des comportements des consommateurs. Consommer est un acte politique, il faut lire les collections des designers comme autant de manifestes au profit d'un monde meilleur.

La transformation du modèle économique et écologique est en cours et les premiers résultats sont là, avec une nouvelle génération de créatifs et d'entrepreneurs qui ont intégré ces nouveaux impératifs. Mais acheter des vêtements écoresponsables ne doit pas être synonyme d'austérité ou de tristesse. Bien au contraire ! La mode et l'achat de vêtements doivent rester un plaisir et l'expression d'une créativité toute personnelle.

De façon générale, nous allons devoir apprendre à acheter moins, mais à acheter mieux, et, surtout, acheter des vêtements que l'on sera sûrs de porter. Cela évitera une effarante surproduction qui se termine, au mieux, dans nos placards à prendre la poussière, au pire, sur une plage en Afrique à polluer les océans et à détruire les économies locales submergées par les importations de vêtements déjà portés par nous, Européens surconsommateurs insensés. Le véritable enjeu des années à venir sera de faire acheter des vêtements de qualité que l'on aura envie de porter longtemps. Réconcilier créativité et développement durable fera sans doute partie de nos défis pour demain.

Au moment d'achever l'écriture de ce livre, ce n'est pas sans émotion que je tiens à remercier les nombreuses personnes qui m'ont accompagnée tout au long de ces formidables années.

En premier lieu, mon amour et mon immense gratitude à Jean-Michel, mon mari, sans qui rien n'aurait été possible.

Mon fils, Pierre-François, qui, depuis plus de vingt ans, fait évoluer l'Agence dans la modernité. Toute mon affection à Jeanne-Aurore, sa femme, dont l'apport culturel est considérable et qui a trouvé le titre de ce livre. Mes filles, Claire et Delphine, qui, à leur manière, ont participé à cette aventure et ont tout supporté : les absences, les voyages, les montages de salons professionnels, les dimanches avec les gammes de couleurs en gestation dans le salon, entre deux plats…

Mon frère Roger et sa femme Patricia pour leur tendre affection. Ma nièce, Sandrine Bégué-Rodi, qui est dans nos cœurs *ad vitam æternam*.

Mes petits-enfants, Paul-Alexis et Baptiste, aux caractères bien trempés, pour toutes les joies qu'ils apportent à Jean-Michel et à moi-même.

David Alliot, mon petit-cousin, sans qui ce livre ne se serait jamais fait.

*

À celles et ceux, très présents dans mon cœur.
Clotilde Bacri-Herbo, amie de la première heure, pour sa présence indéfectible, son sens de l'artistique, ainsi que son élégance qui n'est pas que vestimentaire. J'associe son époux, Bernard, pour sa passion du beau et de l'art.

Anne Clert, si romantique, avec qui je partageais les trains de nuit pour l'Italie.

Anne Dupuy qui a accepté de raviver ses souvenirs pour cet ouvrage.

Geneviève Galey et ses enfants, Sarah et Raphaël, pour tous les moments de bonheur.

Pierre-Yves Guillen, pour ses rubriques « mode » inoubliables, remplies d'un humour impitoyable.

Rosette Lascar (si tendre…) et son mari Bob Lascar, grand patron d'industrie, sublime jardinier (!) et collectionneur.

Danièle et Christian Liagre qui nous ont fait vivre de si belles aventures.

Hilton McConnico, pour sa poésie, son talent et son amitié.

Pierre et Marianne Nahon, pour les moments de partages artistiques inoubliables.

Sophie Primas, amie de la famille, sénatrice des Yvelines, qui poursuit avec abnégation la tâche que ma mère s'était imposée au service du bien commun.

Dominique Restino, président de la CCIR, pour sa fidèle amitié et son soutien à Paris capitale de la création. Merci à toutes les équipes des CCI avec lesquels j'ai partagé de nombreuses aventures.

Éric, Jacqueline et Marie Tabarly pour avoir ancré en moi l'amour de la Bretagne.

Philippe Tesson, esprit libre.

*

Merci à tous les collaborateurs de l'Agence.
À Nathalie Rozborski, notre soleil qui continue de nous illuminer. À Stéphanie Legros et Brigitte Demarque qui restent dans nos cœurs.

Celles et ceux de la première heure : Bernard Barsacq, François Bernard, Dominique Chavaneau, Arielle Chevalier, Monique Guerin, Couli Jobert, Élisabeth Leriche, Mouchy, Dany Poidevin, Catherine Roidot, Nicole Tottereau.

Celles et ceux qui participent encore à l'aventure depuis tant d'années : Catherine Basquin, notre experte « matières », Michaël Bonzom pour son énergie et son humour communicatifs, Vincent Grégoire, notre

« tendanceur étoile », Claudine Martin et Julie Pichard, nos bienveillantes fées, Bettina Witzel qui embellit et colore notre quotidien.

Celles et ceux qui donnent toutes leurs compétences pour que cette belle aventure continue : Marie Dupin pour son dynamisme contagieux, Cécile Rosentrauch pour son œil créatif et son talent de photographe, Jessica Almeida, Candice Alvarez, Chloé Arjona, Inès Belkhayat, Christelle Bois-Duval, Maxime Coupez, Chloé Delecolle, Luc-Dominique Demettre, Clara de Pirey, Rodolphe de Turckheim, Ophélie Lepert, Juliette Méo, Diane de Noyelle, Alixe Opagiste-Rouillon, Alexandra Palmieri, Julie Pichard, Charlotte Polat, Sébastien Rivière, Christelle Tartivel, Cécile Tchertchian, ainsi que nos prometteurs alternants Emma Emeriaud (IFM) et Baptiste Lesèque (Efap).

*

Merci à ceux qui m'ont accompagnée, au service de la mode et des tendances.

Pierre Bergé, mon président de la première heure, pour son soutien et sa vision de l'Institut français de la mode.

André Courrèges, mon mentor de la modernité.

Elizabeth Ducottet, André Beirnaert, Stanislas Vandier, Yves Dougin, pour l'aventure depuis plus de vingt ans du R3iLab (Réseau innovation immatérielle pour l'industrie textile et de l'habillement).

Bernard Dupasquier, le visionnaire qui a créé « Première Vision » et qui m'a permis de réaliser les premiers forums de tendances.

Lidewij Edelkoort, collaboratrice de la première heure au Comité de la mode, son talent et sa créativité m'ont beaucoup inspirée.

Patrick Lecêtre et Étienne Cochet, pour avoir soutenu mes visions prospectives pour le salon « Maison & Objet » et « Scènes d'intérieur ».

Gilles Muller pour sa collaboration, son soutien, sa fidèle amitié et son humour. Que de rires partagés depuis plus de trente ans.

Herman Sœtaert (manager de l'IIC) pour son élégance, son humour fou, et pour m'avoir aidée à grandir.

Gérard Weill (Géwé), M. et Mme Gérard Franck (Franck & Fils), mes premiers clients.

Louis-Thierry Grall, ami de longue date, qui n'est pas pour rien dans cette aventure éditoriale.

*

Ma gratitude aux éditions Bouquins et à sa formidable équipe éditoriale. En premier lieu à Jean-Luc Barré, dont le soutien et l'engagement pour ce livre ont été décisifs. Merci également à Élodie Sroussi-Veysman pour son attentive relecture ; à Marthe Léman pour le suivi éditorial ; à Véronique Podevin pour ses talents graphiques ; à Jeanne Gala pour

261

les aspects commerciaux et promotionnels ; à Céline Ducournau pour la fabrication, ainsi que Marie-Laure Defretin pour son enthousiasme communicatif.

Enfin, je ne peux terminer ce livre sans une pensée pour mes parents, j'espère avoir été digne de leurs enseignements.

TABLE DES MATIÈRES

Bouquins mémoires

Jean-Pierre Elkabbach, *Les Rives de la mémoire*
Maurice Gourdault-Montagne, *Les autres ne pensent pas
  comme nous*
Catherine Nay, *Tu le sais bien le temps passe…*
Nadine Trintignant, *C'est pour la vie ou pour un moment*

Composition et mise en pages
Nord Compo à Villeneuve-d'Ascq

Imprimé en France par CPI
en septembre 2023

N° d'édition : 65970/01
N° d'impression : 176476